AE
&I

Recuérdame que te odie

Autores Españoles e Iberoamericanos

Álex de la Iglesia

Recuérdame que te odie

Planeta

Imagen de página 87: *Melancolía I*, 1514, Alberto Durero © Akg-images - Album

Diagonal, 662-664, 08034 Barcelona (España)
www.editorial.planeta.es
www.planetadelibros.com

Diseño de la colección: © Compañía

Primera edición: junio de 2014
Depósito legal: B. 10.384-2014
ISBN: 978-84-08-12630-0
Preimpresión: Víctor Igual, S. L.
Impresión: Rotapapel, S. L.
Printed in Spain - Impreso en España

El papel utilizado para la impresión de este libro es cien por cien libre de cloro y está calificado como **papel ecológico**

A mi hermano Javier, sin cuyo ejemplo,
apoyo y consejo yo no podría vivir.
A mi hermana Arantza, a la que quiero con locura.
A mi hermano Agustín, presente en mi cabeza
en todo momento.
A mi madre, Matilde, artista ingobernable,
que se ríe conmigo.
A mis hijas, Rebeca y Claudia, por soportarme,
y al amor de mi vida, por demostrarme todos
los días que la vida merece la pena ser vivida

1

EL ORIGEN DE LA TRAGEDIA

No soporto este silencio. Bruno no me coge el teléfono. No me responde a los WhatsApp, a los SMS, ni a los *e-mails.* Ya sé que no debería insistir tanto. Es penoso andar mandando mensajitos cuando alguien no quiere verte ni hablar contigo. Dios, soy el típico pesado que insiste demasiado. La mejor manera de enfocar este asunto es esperar. Esperar y confiar. Es que... me da no sé qué llamarle por teléfono, fíjate. Nuestras conversaciones telefónicas han sido más bien telegráficas. Sin embargo, las recuerdo al detalle. Un día me dijo:

—Estoy en ello.

Me impresionó. Colgué. Ya no molesté más. Y dos meses después, me pregunta:

—¿Te gusta Durero? Es fundamental.

—Ehr..., sí, ¿el renacentista alemán? —contesté rápido para que notase mi dominio—. Bueno, el grabado de *Los cuatro jinetes del Apocalipsis* es...

—En cada dibujo esconde una terrible verdad —murmuró misterioso—. Yo creo que intenta decirnos algo, oculto a través de símbolos. Algo sobre nosotros que no nos atrevemos a reconocer, porque nos da mucho miedo.

—Claro, claro, sí, sí, te sigo. Efectivamente, ya dijo en el cuarto libro sobre la proporción humana que la belleza se oculta dentro de la naturaleza y...

Esta vez colgó él. Qué alivio. Su vocecita susurrante me sacaba de quicio. No parecía que surgiera del auricular, sino que se había instalado en mi propia cabeza. Qué pesadilla. ¿Había hablado realmente con alguien, o todo eran imaginaciones mías? A ver, es vergonzoso que esta situación se prolongue por más tiempo. No podemos negar que él ya ha cobrado el adelanto. La editorial le mandó el cheque hace dos años. Y según el contrato, debería haber entregado el libro el mes pasado. Pero eso no significa nada.

Esto es lo que podemos leer de él en la Wikipedia:

> Bruno Kossovsky Schmuckler (Montevideo, 1950) es un dibujante de cómics de origen uruguayo establecido en Buenos Aires y nacionalizado español en 1977. La familia abandona Argentina huyendo de la dictadura de Pinochet. Se trata de uno de los autores más revolucionarios e influyentes de la historieta mundial.

Nacido en Montevideo, a los cinco años su familia se mudó a Mataderos, barrio de Buenos Aires. Allí, antes de dedicarse al dibujo, trabaja de carnicero con su padre, donde se encarga, como cuenta él mismo, de «cortar la piel de los cerdos para después freírla y venderla en bolsitas». Sin embargo, pronto comienza a destacar como dibujante. Los cerditos de las bolsas son preciosos, tipo Disney, y su padre, agradecido, le paga las clases en la Escuela de Bellas Artes de Buenos Aires.

En 1960 comienza a trabajar como entintador para la editorial británica Fleetway. Entra en contacto con Alberto Breccia y Héctor Germán Oesterheld. Les lleva cafés y bollos por la mañana, barre las migas de las gomas de borrar que caen al suelo y, como el crío es habilidoso, termina entintando páginas del legendario *Mort Cinder* con tan solo 12 años. Esto abre un sinfín de posibilidades al joven Kossovsky, que, en 1965 (con 15), empieza a publicar sus propias historietas.

Bajo el seudónimo de Misterio trabaja en las revistas *Tía Vicenta* y *Adán.* Entre 1968 y 1971 realiza caricaturas políticas para *La Hipotenusa* y *Panorama.* En 1973 crea su propio personaje, el mago Abraxas, dentro de la famosa contraportada del diario *Clarín.* Las aventuras del hechicero, en un tono cínico y cruel, describen en su tira diaria una serie de injusticias sociales, pero sin perder el sentido del humor (como Quino hiciera con *Mafalda,* más adelante), y las desapariciones del régimen terminan siendo sugeridas como las «desapariciones mágicas» que provoca la varita del mago.

En 1975 Bruno Kossovsky es despedido del diario. Un año después, la familia se traslada a Barcelona, siguiendo los consejos de su benefactor y maestro Breccia. Cambia de nacionalidad e incluso llega a realizar el servicio militar. A partir de ahí, inicia una segunda etapa en su carrera bajo la tutela de la Editorial Godot.

Resumo esta parte (aunque duele, porque disfruto haciéndote partícipe, querido lector, de mis desordenados recuerdos): Bruno Kossovsky es un artista. Joder, Bruno es el mejor dibujante de cómics desde Möebius. Y yo estoy pidiéndole que se dé prisa, como si lo que hiciera fuera fácil, como si estuviéramos hablando de un maldito artículo para el periódico, esas mierdas de reseñas que se me da tan bien escribir.

Antes esto no funcionaba así. Antes se respetaba al creador. Estamos hablando de planchas de cómics, coño, como las de antes, las buenas, las antiguas. Planchas de Caballo 109, a tinta china, con pincel y plumilla. Dibuja con lápiz Staedtler 3H y después repasa la línea con un solo trazo, sin errores, sin corregir ni una sola vez. Sospecho que al surgir el más mínimo problema, un diminuto manchón de tinta (algo, por otro lado, inimaginable), repite la plancha entera. Hay que tocar los originales, sentir el peso de la plumilla sobre el papel para apreciarlo en su justa medida.

¿Han visto su trabajo? Lo primero que llama la atención es lo limpio del trazo. Es perfecto, las líneas que dibuja su pincel parecen realizadas por un brazo mecánico, el brazo articulado de la estación espacial, el que utilizan los astronautas, el Canadarm 2. Su precisión no tiene límites. Y al mismo tiempo resulta terriblemente barroco, no hay espacios vacíos.

A Bruno le repugna el blanco. Todo debe estar tamizado de mil detalles, y no por ello resulta confuso, sobrecargado o empalagoso. Bruno sufre de *horror vacui* como un maestro yesero de la Alhambra, como Jerónimo, *el Bosco,* Alberto Durero o el heresiarca maldito Satrústegi, un poeta de Bilbao amigo mío que murió en un incendio, riéndose a carcajadas porque no era capaz de pasar página al escribir en su cuaderno.

Siempre quedaba una línea entre líneas, siempre podía encontrar un resquicio donde introducir sus poemas, en aquel papel interminable. Durante meses, en el hospital, Satrústegi escribió su obra definitiva en una única hoja, teniendo en sus manos todo un cuaderno. ¿Por qué no podía pasar a la siguiente? ¿Por qué no atreverse? ¡Qué tiempos aquellos en Mondragón, qué buenos ratos pasamos con Lourdes, la ninfómana, Juanma, con sus ansiolíticos, y

Txema, el de las grapas en la cabeza! Bueno, esto no viene al caso.

El caso es el siguiente: no consigo preguntarle a Bruno si ha terminado el cómic que le encargamos hace ya dos años. ¡Dos años, joder, Bruno, coño, que ya has cobrado! No me atrevo a ir a su casa, llamar a la puerta y preguntarle: ¿Cómo vas con lo tuyo? Algo tan sencillo como eso. Bruno tiene algo que me intimida. Cuando pienso en él, no sé, es como si recordase algo muy desagradable, y paso rápido a otra cosa. Me impone. ¡Eso, eso, el problema es el respeto! Hay que tratar el asunto con más naturalidad. Si hubiera hecho un seguimiento periódico, yo qué sé, si todas las semanas le hubiera visto tan solo un rato, quizá eso lo habría cambiado todo.

Lo he intentado un par de veces. La primera llegué hasta el portal, pero el portero me dijo que si estaba loco. ¿Loco quién? ¿Yo, por querer encontrar a Bruno, o Bruno mismo? Esa pregunta fuera de contexto me detuvo como un conjuro mágico. Debería haberle preguntado cuándo iba a volver. No parece descabellado. Sin embargo, no lo hice. Se me dan fatal los diálogos costumbristas con desconocidos. El aspecto gótico-rural del portero me estremecía. Al tirar del enorme portón negro que daba a la calle, me giré y vi su cabeza asomando por la ventanita minúscula desde la que vigilaba la salida, en lo alto de las escaleras de mármol. Esa abertura en el muro permitía al individuo escudriñar la dinámica de los inquilinos sin que ellos lo advirtieran, y lo que es más importante: evitando abandonar su guarida, el diminuto cubículo donde los porteros habitan, viven y mueren.

¿Qué tiene que hacer un portero? Por favor, explicadme. Y no quiero ser injusto, válgame Dios. Sacar la basura, limpiar el portal y punto. ¿Por qué esa farsa del microdespacho? Dentro de miles de años unos arqueólogos de la National Geographic investigarán las cuevas de la tribu de los porteros y perderán años descifrando la incógnita de sus despachos: la mesa desnuda, sin un solo objeto sobre ella. La silla, el listín telefónico, anacrónico e inútil, como única lectura. En la pared, gotelé y un calendario, metáfora del tiempo, concepto desconocido al que son totalmente inmunes. Claramente ocultan algo. ¿Quién los obliga a fingir que tienen que resolver asuntos en ese despacho? ¿Les prometieron quizá unas funciones ejecutivas que, de alguna manera, fueron perdiéndose con el paso de los años? ¿Serán las porterías grietas dimensionales escondidas en el mismo corazón de la realidad? ¿Agujeros negros en cuyo interior se produce una concentración de masa lo suficientemente elevada como para abducirnos irremisiblemente hacia un campo gravitatorio hostil?

Eso explicaría el comportamiento de los porteros: vigilantes impasibles del devenir humano, carentes de sentimientos. Alienígenas, o quizá hombres del futuro, con una oscura misión: tomar nota de lo que ocurre en cada casa. Nota mental, obviamente. Profesionales de la mirada, críticos del devenir. Los porteros se comunicarán entre sí por signos, extraños gestos con las manos, o imperceptibles movimientos de labios u orejas. Toda la ingente cantidad de información que archivan meticulosamente en sus cerebros será utilizada contra nosotros a años luz de distancia. Este portero habrá guardado mis movimientos y los de cientos de individuos, analizándolos, estudiando cada gesto, mirada, objeto, animal o persona. Las que suben; las que, afortunadamente para ellos, no lo consiguen, ¡todo! Quizá algún día lo necesite, porque últimamente no recuerdo bien quién soy. Me alejé del portal amedrentado.

2

SURFEANDO EN EL HORROR

Eso lo escribí hace año y medio. Eso, y diez mil palabras más, que desaparecieron en el maldito iCloud. En la nube esa de los Mac. Las páginas volaron por las nubes. ¡Qué bonito! Semanas de trabajo, sudor, lágrimas, recuerdos, esfuerzos, wikipedias. De pronto, ¡pum! No están. Utilizaba por primera vez el programa Pages: primoroso, guarda los archivos (a no ser que previamente especifiques lo contrario) en la nube, un espacio virtual, muy griego, etéreo, más allá del espacio y el tiempo. Es un poco como el Dropbox, SkyDrive o el Google Play.

Un mundo de las ideas, incorpóreo, inmutable (los cojones). Los escolásticos añadirían, felices: eterno. Eterno tu puta madre: de pronto abro el programa y allí no había nada. Ni en el portátil, ni en el móvil. Y no puedes reclamar porque eso no lo lleva nadie, nadie sabe nada: es impersonal, no llega siquiera a ser físico. ¿Dónde están mis 10.000 palabras? Repartidas en servidores de todo el mundo, diseminadas como partículas de Higgs en el espacio cibernético. El servicio técnico sabía menos que yo.

Tras un par de Lexatines, dos llamadas a Mac México (aquí estaba cerrado) y ocho horas desesperadas de tecleo salvaje, descubrí una copia dentro de una carpeta escondida en lo más profundo del portátil. Una copia anterior *(porca miseria)* a la ardua confección de las añoradas 10.000 palabras. Desilusión. Desesperanza. Angustia. Pesadumbre. Desconsuelo. Miedo. Me conformo con saber que quizá, en algún sitio, alguien se ha reído con ellas, o de ellas. Necesitas una máquina del tiempo, me dijeron. Y la tenía. ¡Claro que la tenía! Petada de información hasta las mismísimas barbas. Ya no guardaba nada, ni daba la hora, ni los buenos días.

Por eso todo se confunde, y me cuesta respirar. Pero no hablemos más de ello. Intento recordar lo que sentía en aquellos días oscuros, no lo que siento ahora. Quiero reproducir el desarrollo de mis emociones tal y como las vivía entonces, no como las sufro en este momento, cuando ya sé demasiado.

El mes pasado me informaron en la editorial que el plazo se había cumplido, y que yo era el responsable de la negociación. Había convencido a todos para pagarle a Bruno Kossovsky —el afamado dibujante uruguayo con el que trabajé durante años— una cantidad nada desdeñable de dinero, y ahora exigían resultados. Tenía que armarme de valor y volver a su casa.

El sábado me levanté con fuerzas. Había dormido bien, cosa que no me sucede habitualmente. No me encontraba cómodo en esa cama, que no parecía mía. Sin duda, los tres Orfidales que ingerí con un vaso de vodka bien cargado después de cenar tres lonchas de pavo sin grasa hicieron su efecto. Me vestí con la ropa del día anterior: no quería perder un solo instante. Desayuné copiosamente. Caramel machiatto con cuatro *shots* de café para no perder el ritmo, aliñado con treinta y cinco sobrecitos de edulcorante. Antes iba al bar Olímpico y pedía carajillos. Ahora he decidido frecuentar el Starbucks: me estoy cuidando.

Caminé durante un rato y al llegar a su portal distinguí en la oscuridad la mirada esquiva del execrable portero, enmarcada por el dintel de escayola del ventanuco, y su papada apoyada en el alféizar. El agujero no daba para más. Aparentaba, más que algo vivo u orgánico, el retrato aberrante de un ser primigenio, colgado de la pared. Un cuadro de portal, nunca mejor dicho. Algo de Dix, o Grosz, observándome impunemente desde otro universo. Le devolví la mirada, desafiante: no me iba a dejar acobardar una segunda vez. Subí las escaleras y encendí la luz del descansillo, provocando. Avancé hacia el ascensor con paso firme y abrí su verja metálica. Chirrido horrible. De pronto, su careto entre el enrejado extensible.

—Hola, buenos días.

Las palabras, aunque breves, me perturbaron profundamente. Cada sílaba se hallaba cubierta por una fina capa de mucosidad alienígena, producto de una deficiente fricción del dorso de la lengua contra el velo del paladar. Era obvio que le costaba un gran esfuerzo emitir sonidos que no fuesen gemidos guturales.

—Voy a casa de Bruno Kossovsky —aclaré, con el evidente propósito de parecer una persona de convicciones sólidas e inquebrantables, y me introduje en el ascensor.

—¿Se ríe usted de mí? —El ser me disparó la respuesta al instante, sin mediar un pestañeo.

¿Tan descabelladas parecían mis intenciones?

—Discúlpeme —le respondí elegante—. Voy a subir, en cualquier caso.

Aquí debería haber añadido algo para justificar una decisión tan inesperada, pero no se me ocurrió nada. Su encerrona semántica no iba a atraparme. Cerré la reja metálica, con su chirrido inconfundible.

—No se le olvide sacar la basura.

Lo inesperado de sus palabras me hizo titubear

un instante, pero ya era tarde para detenerme: la puerta se había cerrado. Apreté el botón del quinto, y el ascensor comenzó a subir, mientras escuchaba los gemidos del ser:

—Y cierre los grifos, que dicen que hay goteras.

Llegué al cuarto piso. Alterado por el esfuerzo psicológico producido por la densa conversación mantenida con Cerbero, decidí cruzar el Aqueronte, un enorme charco espumoso y gris que cubría el suelo de la entreplanta. La señora de la limpieza se esmeraba sobre el mármol intentando hallar tonalidades perdidas hacía ya mucho tiempo. Su fregona, una especie de fox terrier de pelo duro, lamió varias veces mis zapatos antes de permitirme el paso. Ella permanecía de espaldas, escurriendo a Milou en el cubo, con energía. Tarareaba un susurro melódico irritante. Algo entre Penderecki y los Gipsy Kings, indescifrable, hermético. Bajito, sin ganas, pero tristemente perceptible.

¿Qué quería de mí? La observé detenidamente. Falda con estampado geométrico no euclidiano, hiperbólica, formas yuxtapuestas en combinaciones cromáticas imposibles. Esa falda (oh, Señor) negaba el quinto postulado, sobre todo en el dobladillo, y la bata de guatiné azul cielo encapotado, de curvatura cero, generaba un cuerpo cilíndrico en cuyo interior no se adivinaban formas ni volúmenes. Esa bata estaba diseñada expresamente para eso, para ocultar deformidades. Bajo el algodón acolchado se escondían tentáculos agitándose en movimiento frenético, apéndices articulados que recogen ininterrumpidamente alimento del suelo (así nadie puede advertirlo) y un exoesqueleto quitinoso cuya función consiste —presumo— en proteger al organismo de la gravedad de la tierra, y que no explote por la presión.

La señora de la limpieza era claramente otro ser primigenio, enviado desde Aldebarán o Betelgeuse para defender de posibles invasores la entrada a los aposentos de Bruno. Me estaban poniendo a prueba. Había llegado demasiado lejos. Tenía que descifrar esa melodía desquiciante, el extraño silbido armónico que aturdía mi entendimiento.

Ella avanzaba lentamente impidiéndome el paso, con el insano propósito de derribarme introduciendo la fregona entre mis extremidades inferiores. El mocho describía espirales algorítmicas alrededor de mis zapatos. A punto de perder el equilibrio, cometí un error fatal: me apoyé en su hombro izquierdo. Al proyectar todo el peso de mi cuerpo sobre su espalda, sentí la textura rugosa y punzante de su corteza, bajo el guatiné. Por la presión, una porción de los duros pelos que cubrían el caparazón de la señora atravesaron los tejidos de su bata y penetraron como agujas en mis dedos. Grité, y mi grito detuvo la melodía, identificada al instante, como si descifrase el cántico obsceno de un místico pervertido: *Lo tengo todo, papi, lo tengo todo, papi, tengo fly, tengo party, tengo pura sabrosura.* La vieja se giró por fin, y pude ver su rostro, que recordaba terriblemente a Angela Lansbury, aunque el dato resulta efímero: miles de mujeres se parecen a Angela Lansbury. La protagonista de *Se ha escrito un crimen* es un prototipo, una estructura orgánica paradigmática utilizada por los primigenios desde hace evos para camuflarse entre los terrestres. No cabe otra explicación.

—¿Quién es usted? ¿Qué busca? —preguntó dulcemente, intentando sorprenderme.

—Sabe perfectamente lo que busco, señora. —La situación era insostenible, no podía fingir por más tiempo: lo sabía todo. Todo menos quién era, eso era obvio. Le di mi tarjeta. Son preciosas, cartón duro, con mi *mail* y cuenta de Twitter—. Quiero ver a Bruno Kossovsky, el inquilino de este apartamento. Apártese.

La señora de la limpieza no soltaba la fregona, blandiéndola amenazante sobre mis ojos estáticos.

—Tendrá que esperar a su asistenta —respondió ella—. Yo solo friego las escaleras del portal. Viene por las tardes, pero hace días que no la veo.

Avancé decidido hasta el timbre. Llamé repetidas veces, pero nadie abrió la puerta. Me encontraba de nuevo en el punto de partida. Abatido, bajé las escaleras a pie y, gracias al exquisito trabajo de Lansbury, me resbalé tres veces, fracturándome una costilla.

3

BIOGRAFÍA BÁSICA

Mi nombre es Rubén Ondarra. (Siempre que digo esto, me entra la tos, incluso cuando lo escribo.) Disculpen si no me he presentado antes. Tengo cincuenta y dos años, y durante veinticinco he sido el director gerente de la editorial Godot, con sede en Barcelona, a la que he dedicado todos mis esfuerzos. Lamentablemente mi empresa cerró en el año 2008. Y no ha sido por falta de ideas. La decadencia de Occidente, la ausencia de principios en el pensamiento contemporáneo sobre los que fundamentar una ética, y, sobre todo, la presencia de Montse, mi compañera de aquel entonces, fueron los culpables.

Montse era una mujer extremadamente inteligente, de eso no cabe duda. La conocí en 1998, durante el programa de doctorado de la Universidad de Barcelona sobre «Posicionamientos artísticos en defensa de una Materialidad Acorralada». Como es natural, allí no se paraba de follar. La materialidad se encontraba acorralada en los baños, en el jardincito que había detrás de la cafetería cuando se acercaba el verano y, sobre todo, en aquellas tardes interminables de estudio en la biblioteca. Sobre mis apuntes de «El espacio en el arte no figurativo» descansaba el culo de Montse, y los folios se arrugaban por el calor que desprendía. Horas más tarde, aquello costaba muchísimo estudiarlo, no conseguía sacar de mi cabeza la forma oblonga que se dibujaba, generosa, sobre los papeles.

Por aquel entonces Godot Ediciones era un éxito. Publicábamos a los autores *undergrounds* más extremos y funcionaban. Han pasado cinco años desde que se cerró *Basura,* mi revista de cómic radikal. La «k» era esencial: nos diferenciaba lingüísticamente. En *Basura* tuve la oportunidad de publicar los extraordinarios álbumes de Kossovsky, y con ellos triunfar en Angoulême ganando el Grand Prix de 1981 y recibiendo el Yellow Kid al año siguiente.

Durante los ochenta puedo decir, sin ruborizarme, que teníamos cogido por los huevos a este país, porque entonces (no como ahora) los cómics y los libros importaban. Dios, ¿dónde está *El Viejo Topo*? ¿Y *Ajoblanco*? ¿Y *El Víbora*? Éramos los reyes del textualismo, destruimos la arquitectura como querían los situacionistas, inventamos la música progresiva, nos sabíamos a McLuhan al dedillo, Marcuse y Susan Sontag me observaban desde la mesita de noche.

¿Qué pasa con todo el mundo? Y Dilthey, ¿qué? Como decían mis apuntes esculpidos por las nalgas de Montse, «ninguna cabeza científica podrá nunca agotar [...] lo que el artista puede decir sobre el contenido de la vida. El arte es el órgano de comprensión de la vida». ¿Ya nadie hace caso a Dilthey? ¿Era gilipollas Dilthey?

En los noventa cambió todo. No sé cómo pasamos del *underground* al porno, pero en el año 2000 *Basura* solo vendía basura, y claro, cerramos. Una cosa es Crepax y Manara, y otra, auténticos manuales de onanismo *teenager*. Enfermos por la fiebre masturbatoria más salvaje, nuestros suscriptores fueron cayendo como moscas. Ni con el Canadarm 2, el brazo articulado indestructible de la NASA, hubieran podido hacer frente al meneo furioso que exigían nuestras publicaciones. Montse, sin embargo, se encontraba a gusto bajo ese magma de vulgaridad asfixiante. Planeaba, incluso, rodar películas porno —como productora, matizaba—, abarcar, digamos, diversos aspectos multidisciplinares interconectados por objetivos comunes.

Cuando la pillé en casa rodeada de cuatro cubanos, de rodillas, con la boca abierta, entregada a recoger la sabia que sus organismos regalaban con una alegría espléndida, decidí cerrar la editorial y distanciarme de ella con prudencia. Aquella fuente ornamental improvisada no se borró de mi memoria, y necesité asistencia psiquiátrica para superarlo. No por la circunstancia en sí misma, sino por el contexto (todos riéndose al verme, al reconocer que el término *bukake* era nuevo para mí, el hecho de que no se detuviera el proceso de recolección de fluidos con mi presencia, sino que, por el contrario, se incrementara...). La mortificación de encerrarte en tu despacho y poner *Maquillaje* de Mecano a tope, intentando no escuchar los gemidos —*No me mires, no me mires, déjalo ya, que hoy no me he puesto maquillaje, je, je, je.*

No recordaba más de ella, o no quería recordar más de ella. Se fue a París, a trabajar en algo. Había alguien..., un elemento perturbador que revoloteaba en mi memoria, y cuando intentaba recuperar fragmentos de ese episodio de mi vida, una extraña bruma lo cubría todo. Se me estaban perdiendo los recuerdos en el iCloud.

Fue en la terapia de grupo subsiguiente donde conocí a Satrústegi, el poeta bilbaíno. Curiosamente, habíamos publicado un par de libros suyos, y charlamos. La sensatez de su conversación, la pertinencia de sus admoniciones, así como una exquisita manera de comportarse —siempre tan atento conmigo— hicieron que superase poco a poco el furor melancólico en el que me encontraba. Ingresó por una depresión en la que atacó a su madre, intentando clavarle en la frente un pincho moruno (no solo el punzón de metal, sino el pincho en toda su complejidad: cordero condimentado, comino, pimienta y pan). Su trayectoria psiquiátrica, asombrosa, lo hizo viajar por toda España.

Satrústegi era, por así decirlo, un *connaisseur* de los establecimientos de salud mental más chic de la península. Desde muy temprana edad los visitaba asiduamente, pero permanecía poco tiempo en ellos. Por regla general, no los encontraba de su agrado, a causa de diversas razones. La decoración de los dormitorios, demasiado sobria; las lecturas, poco estimulantes, o la falta de afinidad con los perturbados —obsesionados con arrancarle las uñas de los pies, o prenderle fuego al pelo— generaban en él un sentimiento de desazón que lo impulsaba a ausentarse.

Yo lo acompañé en una de esas ausencias. En los talleres nos hicimos con un alicate para desatornillar las rejas de protección exterior de la ventana elegida minuciosamente con el propósito de evadirnos. Saltamos de un tercer piso, cayendo sobre unos montones de basura. Resulta interesante porque, cuando lo cuento, todo el mundo se imagina la basura como algo blando y confortable. Aquellos desperdicios no eran habituales. Mis huesos se quebraron como barquillos del Retiro al chocar con los hierros de la estantería que los celadores acababan de desmontar esa tarde. Afortunadamente, Satrústegi se precipitó sobre mí y no sufrió perjuicio alguno.

—Mala suerte, pichoncito —me dijo—. La próxima vez salto yo primero. ¿Te parece?

Así era mi amigo: afectuoso y considerado a partes iguales. Sangrando copiosamente por las orejas, intuyendo una abundante hemorragia interna, abandonamos el sanatorio, en pijama, abrazados como hermanos, apoyados el uno en el otro.

Aquel viaje con Satrústegi resultó esencial en mi desarrollo personal, a todos los niveles. No se trataba tan solo de una peregrinación a ciertos parajes más saludables, como aparentaba en un principio. Satrústegi lo transformó en algo más profundo. Hablo de un viaje interior a lo más recóndito de nuestros sentimientos y ambiciones. Nuestros corazones se abrieron al unísono confiándonos aquello que, en cierto modo, cuidas para que no se manche: emociones infantiles, sueños llenos de candor. Yo no hablé mucho, más bien nada: me encontraba confundido tras el cierre de la revista y la ruptura con Montse. Hay cosas que me cuesta recordar, y para recordarlas mal, mejor no recordarlas. Satrústegi me confesó, entre sollozos, que odiaba a la humanidad, que la gente no le merecía y que nadie, excepto yo, era digno de su presencia. Intentó dominar el mundo una vez, sin éxito. Montado en una excavadora que robó en las obras del metro, arrasó un hotel entero, en el centro de Bilbao. Su pretensión —acabar con todo lo que supone una traba en la expansión de su Yo, es decir, el Otro— se vio truncada una y otra vez por médicos y policía. Lo ingresaron, sí, pero eso no lo detuvo.

Satrústegi intuía que ser es hacer, que la poesía, el acto supremo del hombre por transformar la naturaleza, precisa urgentemente de una voluntad superior, ajena a la contingencia. Tras el altercado con la excavadora y su posterior confinamiento en un psiquiátrico de alta seguridad, Satrústegi compaginó sus habituales escapadas con una actividad literaria sorprendente. Además de sus libros de poesía anteriores, *A tomar por culo* (Barcelona, Godot Ed., 1985) y *No me jodas en el suelo como si fuera una perra* (Barcelona, Godot Ed., 1996), Satrústegi escribió dos libros sobre gastronomía de gran éxito que adoraba particularmente, porque sus gustos culinarios coincidían en gran medida con los míos: *Sorprende a tus amigos con las sobras de la nevera* (Burgos, Eczema Ed., 2001), *Cortezas de cerdo, su interés y objeto* (Barcelona, Godot Ed., 2005); y el último antes de cerrar, un libro de viajes insólito, *Psiquiátricos con encanto* (Barcelona, Godot Ed., 2008).

Gané dinero gracias a esos libros. Sigo sin superar el hecho de que los de Eczema me robasen el mejor, el que arrasó en los aeropuertos. Cocinar con sobras es algo que todo el mundo hace sin conocimiento, con prisas, de mala manera. Satrústegi tuvo la habilidad de satisfacer una necesidad evidente, pero al mismo tiempo, trascenderla. Convirtió algo insignificante en una metáfora del fenómeno creativo, auténtica expresión sintética de arte efímero.

Satrústegi, en su magnífico ensayo, busca integrar al hombre con la naturaleza en un matrimonio indisoluble. Rebuscar malamente entre los residuos caducados de la nevera se convierte, en las páginas de *Sorprende a tus amigos...*, en un escrupuloso protocolo mágico, cercano al que practica un sacerdote cuando manipula el pan y el vino. Esta genuina hierofanía cobra una dimensión social sobresaliente, siendo el acto de comer no ya la mera satisfacción de una necesidad básica, sino, por el contrario, una íntima forma de relación para el ser humano. Se cree en lo Bello, contrario a lo Siniestro, siguiendo a Freud: lo bello como respuesta a la extrema vulgaridad de la vida ordinaria.

A través del paladar que rompe tabúes, Satrústegi encuentra belleza en una bolsa abierta de salchichas Oscar Mayer, oscuras y endurecidas por los bordes, en una manzana arrugada, en el clásico tomate pocho. *Sorprende a tus amigos...* equipara el registro exhaustivo de las bandejas de la nevera, realizado de manera compulsiva por el ejecutivo hambriento, con la ceremonia del té japonesa *(cha-no-yu)*, donde sintetiza de manera ejemplar la unión de nociones como Arte, Hombre, Vida y Belleza. Su simplicidad relaciona el microcosmos de las cosas pequeñas (pipas Facundo rancias, pringosas bolsas de Risketos, kikos de tienda de chuches, gominolas de ositos) con el macrocosmos: la vida es fenómeno, y los actos, pensamiento. El tiempo se identifica con el Espíritu. Esta misma *weltanschauung* se desarrolla en la cultura japonesa en la casa del té *(su-ki-ya)*, «construcción simple de materiales naturales, sin ornamentación, donde se alaba lo imperfecto e inacabado, que se transfigura». Satrústegi la identificaba, sorprendentemente, con su cocina, sin horno, mesas ni sillas, donde se cocinaba en un microondas robado en Carrefour, y se comía directamente sobre el suelo, sin platos, utilizando la mugre del piso como parte inherente a la guarnición. Es el comensal quien mentalmente completa lo incompleto. Es el lector quien supera las contradicciones.

Siento una profunda admiración por este genio bilbaíno, y siempre lloraré su muerte, en aquel incendio horroroso. Cuando pienso en él, en aquellos años inolvidables en Mondragón, me siento vacío. ¿Qué ha sido de Lourdes? ¿Seguirá comiéndose las pinturas de cera? ¿Y Jose María? ¿Regalará a la gente las grapas que se desprendían de la cicatriz de su cabeza? ¿Dónde están los creadores? ¿Dónde están la fuerza y el ingenio, la transgresión y la locura?

Mi nombre es Rubén Ondarra, y lo he perdido todo. Hace cuatro años que trabajo como *freelance* para el grupo editorial Satélite. Ya no encuentro en mí resquicio alguno de admiración, sorpresa o curiosidad. Sufro de melancolía, que no de falta de alegría. No hablo de un sentimiento pasajero, refiero mis cavilaciones a la constatación de que los fluidos que gobiernan mi cuerpo están desordenados: nada de bilis amarilla y demasiada de la negra, poca sangre y muchas flemas. En un ser humano perfecto, de esos que hacen deporte, esos cuatro humores se hallarían perfectamente equilibrados, de manera que ninguno predominase sobre los demás. Pero «un ser humano así sería inmortal y estaría libre de pecado», como diría Panofsky, y entiendo que de esos no quedan, «se perdieron irremisiblemente con la Caída del Hombre». La bilis negra me domina, oscura y seca, enfría mi alma. La incesante caída de las hojas arrastrará mi personalidad hacia una alopecia incurable. Vivo en un otoño eterno. He perdido el respeto a la vida: nada me emociona.

Nada, excepto los dibujos de ese loco uruguayo. ¿Busqué en Kossovsky una figura artística que llenase el vacío que Satrústegi dejó en mi alma? ¿Qué pasa con él? ¿Dónde está? ¿Habrá desaparecido en la nube? ¿Y si también ha muerto? ¿Qué les digo yo a los de la editorial? Joder, si me despiden, ¿cómo pago el alquiler? Dios, tengo que volver, por mucho miedo que me dé el portero. Tengo que entrar en su casa como sea (utilizaré el brazo articulado de la Nasa si es necesario) y averiguar qué ha sido de Kossovsky o, al menos, si consiguió terminar sus páginas. Tengo que desentrañar este rompecabezas absurdo, encontrar las piezas de esquina y con ellas reconstruir poco a poco los hechos, unir cabos sueltos. Nada es casual. Todo es necesario. Esta es mi misión. Un terrible misterio se oculta en ese apartamento y voy a desentrañarlo.

4

A RAMÓN Y CAJAL NO LE AGRADA EL CARAMEL MACCHIATO

En el Starbucks lo peor no son las tres colas que hay que hacer sistemáticamente. Primero, para pedir; segundo, para recoger tu café; y tercero, para acceder al azúcar, sacarina, o lo que diablos viertas en su interior (vainilla, chocolate, cianuro). Lo peor es que te pidan tu nombre para ponerlo en el vaso de plástico. Escriben tu nombre y luego lo gritan, delante de todos. Estás a su lado, pero lo gritan bien fuerte, como en el colegio, como si estuvieran pasando lista.

—A ver, Rubén Ondarra. ¿Ha venido Rubén, o ha hecho pellas?

¿Por qué esa humillación programada, aceptada por todos? Pero ¿cómo se atreven? ¿Por qué esa manía del nombre? ¿Desconfían de mí? Siempre que lo oigo, tardo un rato en reaccionar.

Yo no soy yo: yo soy mi nombre. Mi nombre es lo real, mi esencia inmutable. Mis yos sensibles, contingentes, experienciales, acojonables, sufren, se retuercen cuando la chusma del Starbucks escupe el arquetipo «Rubén Ondarra» sobre el vaso de plástico, cuando lo garabatean impunemente sobre su blanquecina y resbaladiza superficie. Docenas de Rubenes entran al mes arrepentidos al Starbucks. El Rubén confundido, el enajenado, el poeta. Rubenes Ondarras irritados, vulnerables, pero en el fondo orgullosos de sí mismos. Rubenes deprimidos por una mala contestación, o una mirada esquiva. Rubenes aburridos de lo que dan en la tele, ansiosos de amor, o de una buena cena. Rubenes Ondarras únicos, irrepetibles. Todos distintos, perdidos en un contexto que se transforma a cada instante. Rubenes que viven y mueren en décimas de segundo, porque el entorno los destruye, arrancándoles el alma y desapareciendo para siempre, ahogados en el flujo eterno de lo idiota diferenciado. No hay back-ups, ni Time Machine que los salve. Solo permanece una idea quizá, una verdad: el auténtico Rubén Ondarra, el que retoza en los verdes campos de Hiperuranio, ajeno al vulgar devenir, dulcemente archivado en el iCloud. Ese es mi nombre, mi auténtico yo, y los del Starbucks no hacen más que manosearlo.

—Pero ¿no me ves? Soy el individuo que hace cinco minutos te pidió el maldito Caramel machiatto grande con leche semidesnatada y un *shot* extra de café. ¿Ya no me recuerdas? ¿Me ignoras? Dime, ¿cuál es mi nombre? ¿Acaso dudas de mí? ¿No te lo crees? ¿Quieres mi tarjeta? Si no me llamo así, ¿cómo me llamo, hijo bastardo de mil rameras? Adivínalo, ten un poco de cortesía, porque no entiendo la naturaleza de tu juego.

En el Olímpico pedías un café con leche y eso era suficiente. A los del Olímpico se la sudaba quién coño eras o dejabas de ser. Tú pedías un carajillo y nadie te preguntaba: ¿Con ron Negrita? ¿Bacardi? ¿Lo quemamos? ¿Echamos granitos de café? Lo hacían, sin más. Presuponían un mutuo acuerdo de colaboración. Tú confiabas en ellos, y a cambio, no te agobiaban con docenas de preguntas ridículas. El planeta está infectado por una plaga de Starbucks. Miles de empleados se dedican a controlar quién entra y quién sale, como los porteros transdimensionales. Colas inagotables de individuos quemando su vida, esperando que alguien les recuerde su nombre, humillados por esa nueva epidemia de la sociedad contemporánea: la amabilidad sofocante.

Se abrieron las puertas automáticas del Starbucks y ella estaba allí. Me costó reconocerla sin la bata de guatiné. La aberración cósmica que fregaba las escaleras se hallaba a dos metros, observándome inmóvil, impidiendo, con su presencia, mi partida. Un escalofrío me recorrió de arriba abajo y temblaron mis rodillas. No se trataba de un sueño, ni una pesadilla. Era una entidad empírica, indiscutible: se presentaba ante mí áspera como la roca volcánica de un moái, esculpido por las encallecidas manos de una tribu polinesia inmemorial.

—Por fin le encuentro: como me dejó su tarjeta, sabía que andaría por aquí... La asistenta del señorito Bruno, Cecilia, está en el Ramón y Cajal —me confesó abruptamente—. Se conoce que entraron a robar, y la pillaron dentro.

—¿En el hospital? ¿La asistenta está en el hospital?

—Eso he dicho.

—Ya, pero ¿entraron a robar? Es... ¡Es horrible! ¿Y qué se llevaron? ¿Sabe usted qué se llevaron?

—Yo no sé nada. Ni siquiera he entrado al piso, permanece cerrado desde entonces.

—Cerrado, permanece cerrado. Entraron a robar.

—¿Por qué repite todo lo que digo?

—Porque... No sé. Me cuesta creerlo. Pobre Cecilia.

—A saber qué le hicieron. Algo grave, sin duda.

—¿Y Kossovsky? Oh, Dios. ¿Estaba con ella?

—No lo sé, no lo conozco. Dicen que es un artista loco —susurró—. A mí me lo ha contado la del tercero, que se encontró con los del Samur en la escalera. Uno de ellos era el sobrino de su cuñado, el que esparce las bolsas de basura por el suelo para hacerme la vida imposible. ¿Sabe de quién le hablo?

No respondí a su pregunta. Ignoraba qué insólita relación se podía establecer entre la existencia de un sujeto diseminador de basura y el caso que nos ocupaba, y menos aún que el sobrino del cuñado de alguien estuviese circunstancialmente implicado. Las palabras *sobrino* y *cuñado* no deben pronunciarse juntas jamás. Eso lo sabe todo el mundo, excepto los que no pertenecen, precisamente, a este mundo. Abandoné el Starbucks aterrado, intentando asimilar la información que se me había suministrado.

El Hospital Universitario Ramón y Cajal es un centro público de la Consejería de Sanidad de la Comunidad de Madrid situado en el kilómetro 9 de la carretera de Colmenar Viejo. Cuando intenté llegar en metro, lo ignoraba. En unas doce horas conseguí dar con él. Durante ese tiempo me pasé un momento por el Centro de Educación Primaria Ramón y Cajal, emplazado en el número 206 de la calle Arturo Soria. Descubrí que aquello no se asemejaba para nada a un hospital. Carecía de ambulancias. Una aglomeración de adolescentes con carpetas forradas de fotos arrancadas de revistas me rodeó, asfixiándome con sincera alegría. Recuerdo los rostros de los cantantes del conjunto musical One Direction apretándose sobre los pechos de las muchachas. Recuerdo el forro de plástico húmedo de sudor. Me sacó de allí una señora cargada con bolsas Carrefour, proporcionándome otra dirección, esta vez la de un bufete de abogados que ofrecían asesoramiento jurídico a empresas y particulares, situado en el número 16 de la calle Almagro. Uno de sus 114 abogados, en concreto, un señor gordito que no paraba de tocarse la oreja, insistió en la hipótesis de Colmenar Viejo como emplazamiento seguro del hospital.

—No tiene pérdida. Hay una enorme cabeza de Ramón y Cajal en la entrada —subrayó—. Blanca, perfecta.

La verdad es que no quería equivocarme de nuevo, así que decidí pasarme primero por la Biblioteca Nacional a consultar cuántas efigies de Ramón y Cajal existen en España, y precisar con exactitud cuáles de ellas se encuentran situadas en hospitales. Rechacé, por tanto, el conjunto monumental de Victorio Macho, en el Retiro de Madrid, pero por si acaso, también pasé por allí para echarle un vistazo. «Cajal» se lee claramente escrito en el pedestal cuadrangular. Imagino que Victorio consideraría redundante poner el nombre completo (desde luego es mucho más elegante leer «Cajal» que «Ramón y Cajal»).

La obra tiene un claro aire etrusco, al que los escultores decó solían recurrir habitualmente como fuente erudita de inspiración. Ramón y Cajal aparece reclinado, melancólico, reflexionando —o quizá parcialmente sobado, tras una extensa sobremesa—. El artista lo esculpió vestido con una clámide (capa corta que los romanos copiaron de los griegos). Sospecho que se trata de una licencia artística (dudo que don Santiago utilizara la clámide para ejecutar sus labores histológicas, y menos aún para andar por casa). Los dos relieves posteriores nos remiten a la Fons Vitae y a la Fons Mortis. En el primero, un padre agobiado sostiene al hijo recién nacido frente a su madre, que desconfía; y en el otro, la mujer sostiene en brazos al padre, que acaba de sufrir un ataque de ansiedad. Entre ambos relieves se yergue la figura en bronce de Minerva, diosa de la sabiduría, observando a Cajal de espaldas, vigilándolo de cerca.

Transpirando copiosamente y con unas ganas de orinar considerables, volví al metro para acercarme a Colmenar Viejo. Allí me dirigí a la línea C-4 de Renfe, Cercanías de Madrid. Pasé por Atocha, Villaverde Bajo, Villaverde Alto, Las Margaritas-Universidad, Getafe Centro, Getafe Sector 3 y Parla. Unos amables ancianos sentados en un banco me informaron de que había cogido la línea al revés, así que tuve que montarme de vuelta y visitar también Nuevos Ministerios, Chamartín, Fuencarral, Cantoblanco Universidad, El Goloso y Tres Cantos antes de llegar a Colmenar Viejo.

La tarde era soleada y el calor de las calles adhería la ropa a mi piel. Un sudor espeso brotaba de los poros abiertos, como bocas de gusanos hambrientos. En el mercado de abastos, levantado con auténtica piedra de Colmenar (caliza altamente resistente a la intemperie, la preferida de Juan de Herrera o Francisco Sabatini), una carnicera encantadora —con las manos chorreando sangre de cerdo— me confesó que necesitaba retomar la línea C-4 en dirección a Parla, y en Chamartín cambiar a la línea C-8 en dirección a Cercedilla y bajarme en la siguiente parada si pretendía llegar al hospital. Atacado por una manifiesta sensación de ahogo, seguí sus valiosos consejos, y tras 45 minutos de simpático trayecto en un tren que ya no tenía secretos para mí, alcancé mi destino.

Crucé el paso de cebra. Olía a goma quemada y a enfermo recalentado. El asfalto de la calle San Modesto hervía bajo la suela de mis zapatos. Mirándome directamente a los ojos, se me apareció el gigantesco rostro de Ramón y Cajal. Eduardo Carretero lo esculpió a mordiscos, con una fuerza prodigiosa, resaltando el carácter insobornable de su modelo. Un detalle: a la escultura le faltan las orejas. ¿Por qué? Un bloque perfecto sin orejas no se esculpe así porque sí. ¿Qué querían decirme con esto? ¿Qué es lo que no debería oír? Me abracé al bloque de piedra, intentando absorber su energía.

—Dímelo, ¿qué es lo que no debo escuchar? —le susurré. Mis palabras resonaban en el espacio vacío, inerte, frente a Urgencias—. Sé que tu sordera me advierte de algo, viejo amigo. Algo terrible me va a ser revelado y por algún motivo siniestro cambiará mi vida.

Permanecí en esa posición durante unos minutos. Sin embargo, dos razones poderosas me obligaron a apartarme del contacto con el mármol blanco. La primera fue el golpe de calor que se introdujo en mis carrillos súbitamente. Meter la cara en una sartén mientras uno fríe un huevo debe resultar menos doloroso. La segunda, constatar la presencia de un guardia jurado calvo que me exhortó a la moderación, y a deponer mi actitud, supuestamente lúbrica. Intenté explicarle sin éxito que, lejos de frotarme sobre Ramón y Cajal —como mi conducta sugería—, profesaba el máximo respeto por su figura (intelectualmente hablando), y que sentir el influjo benéfico consiguiente era mi única aspiración. Las hostias que me cayeron resultan difíciles de enumerar sin caer en la exageración. Suministradas con una porra de cuero —en cuyo interior se ocultan bolas de acero—, resultaron de lo más efectivas: depuse mi actitud, y lo que hiciera falta.

Un hombre de cincuenta y dos años con dos carreras no debería correr como una niña desquiciada, pero no se me ocurre símil más apropiado. Tras despistar al guardia jurado, me introduje en el hospital por una puerta trasera que daba acceso a las cocinas, disimulando la cojera producida por los golpes. Estaba llorando. Es algo que me ocurre a menudo, cuando veo películas de Frank Capra o me trituran los huesos con una porra. Intentando disimular ante los cocineros, argumenté alegremente que lloraba de risa, que uno de los celadores contaba unos chistes tan buenos que no había manera de contenerse.

Comencé a improvisar textos graciosísimos sobre el supuesto asistente sanitario. Apoyado en el mobiliario de acero inoxidable, me desternillaba sonoramente. Sin embargo, tras un moderado espacio de tiempo (el chiste se prolongaba en exceso), fui interrumpido con una breve cuestión. Querían saber cómo se llamaba el celador. Les dije que Ricardo. Podía haber elegido Pedro o Jose, nombres claramente más comunes, pero opté por esa arriesgada alternativa. Los cocineros me informaron de que no había ningún Ricardo que trabajase como celador en el hospital. Intenté cambiar de tema, pero no parecían interesados en charlar: preferían cogerme de brazos y piernas y tumbarme de espaldas, impidiendo cualquier movimiento con la presión que ejercían sus botas sobre mi cuello. Eso detuvo el chiste, obviamente. A partir de ahí todo es confuso. Recuerdo una camilla, el ascensor, un largo pasillo, y por último, la televisión, en lo alto de una esquina.

5

LA PRIMERA PIEZA DEL PUZLE

Los hospitales me angustian. No por sí mismos, sino por lo que los rodea: ese olor indefinible a muerte provocado por la utilización masiva de antisépticos (formaldehídos y glutaraldehídos al 2 %, mayoritariamente), la ausencia de humanidad en los colores, el audio insoportable. Ambiente de hospital: llanto de niño lejano, ruedas de camillas por los pasillos, susurros de señoras angustiadas, familiares desesperados deseando fumar. El *look* de la gente. Dios, ¿por qué se visten todos como en una película de la transición? Chupas de piel de conejo, *leggins* estampados. ¿Es necesaria tanta violencia? ¿O quizá se trata de una impresión subjetiva, al descontextualizar a los personajes, privándolos de su entorno? El revoltijo de rostros genera una paella de sensaciones nauseabundas. La mirada de la gente incluye indefectiblemente un *shot* extra de conmiseración.

—Apiádate. —Nos lloran sus ojos—. No tienes ni idea del calvario que estoy padeciendo.

La angustia es una mercancía. Trafican con ella. Se la pasan en la sala de espera, en los ascensores, en la puerta de urgencias, mientras pides fuego, o buscas el maldito cenicero de exteriores. Yonquis de lástima, vuelven una y otra vez a por su dosis, con su chándal y su Bollicao relleno de lágrimas. ¡Qué diferente un hospital de un psiquiátrico, donde todo el mundo está estupendamente!

Yo, Rubén Ondarra, soy uno más, ingresado a la fuerza, según el médico cubano que me atendió, por un trastorno depresivo mayor de episodio único, acompañado de traumatismos con carácter leve.

—Oye, chico, tiene usted una marcada tendencia hacia el abatimiento y la culpa —me diagnosticó, tras una breve entrevista, al despertarme—. Es incapaz de disfrutar de la vida, caballero. Está decaído, con propensión a berrear. Sufre trastornos de humor, como indican esas inexplicables crisis de nervios, en las que descarcajea sin motivo alguno. Todo esto es provocado por episodios de ansiedad en el trabajo o en su vida personal. Algo le ha pasado que lo reconcome, caballero. Debería relajarse, tomarse las cosas con más calma.

¿«Berrear»? ¿Que yo «descarcajeo»? Lo que quería era irme cuanto antes. Trastornos de humor... Eso ya lo sabía por Panofsky. La influencia de Saturno sobre mi aciago destino no resultaba una sorpresa relevante. Hay tipos sanguíneos, coléricos, flemáticos. Mi temperamento es furiosamente melancólico. Sin embargo, la sociedad moderna, en particular la que disfrutamos en los anuncios de gente que desayuna cereales, se me antoja profundamente sanguínea. Todo en su vida ocurre por la mañana. El mediodía reina y su luz cegadora nos quema la retina. El resplandor blanco de camisas y manteles destruye los colores y la memoria como la lejía. Todas esas sonrisas perfectas con dientes de porcelana, esos cuerpos recios, sin grasas, esa piel tersa y rubicunda nos persiguen con su maldita alegría hasta que te rindes y pides disculpas. No desayunamos como Dios manda. Y ellos lo saben.

Un tipo colérico pondría a todos esos mequetrefes en su sitio, armado con su espada y un taburete. Patearía violentamente a esa madre maravillosa con su dulce rebequita gris, y la tacita de té rojo saldría volando por los aires. El flemático (dotado de la calma que genera el sutil desprecio hacia la raza humana) cambiaría de canal, evitando la confrontación con ese universo del discurso, sin moverse del sillón. Los melancólicos nos encerramos en cavilaciones inútiles. Pensamos el pensamiento, reflexionamos sobre la pertinencia de los cereales, y las conclusiones nos abruman: el mundo no nos pertenece, porque somos más de ColaCao que de Kellogg's, alimento de los Adventistas del Séptimo Día. Los lamparones son las condecoraciones de nuestra orden, y poco nos atrae la luz del mediodía: las medallas brillan demasiado. Desayunamos de noche, ocultos en las sombras, escondiendo nuestros sentimientos manchados de incertidumbre e impotencia.

Tumbado en la cama y asfixiado por las lágrimas, meditaba sobre mi túrbido futuro. Estaba ingresado en una habitación del Ramón y Cajal, acompañado de una colombiana anestesiada, mientras un médico de Camagüey me comía la moral con paranoias propias de *Anatomía de Grey*. Aparté las sábanas y me incorporé, arrastrando todos esos tubitos molestos que te ponen, tapándome el culo con una mano y descorriendo las cortinas con la otra.

—Señorito...

A la colombiana sí que le habían zurrado fuerte.

—Señorito, la lavadora... —La pobre deliraba, atiborrada a medicamentos—. La lavadora, hay que sacar la ropa y tenderla.

—¿Se encuentra usted bien? —Mi falta de empatía se rendía ante el espectáculo sórdido de la realidad—. Disculpe, señora...

—¿Quiere sacar, por favor, la ropa de la lavadora? Hágame ese favor, señorito Bruno.

—¿Bruno? ¿Ha dicho el señorito Bruno? ¿Se refiere a Bruno Kossovsky? —Una descarga eléctrica me partió el cerebro en dos.

—¿Cómo? —murmuró entre sollozos—, me refiero a usted.

¡Joder, era ella! ¡Era Cecilia, la asistenta de Bruno! Comencé a sentir temblores, mareos, un tirón de estómago. Las manos me sudaban, noté un dolor fuerte en el pecho, me costaba respirar. La desgraciada me confundía con él: estaba claro que la habían golpeado en la cabeza.

—¿Qué le pasa? Se ha puesto blanco como la nieve.

Intentaba responder, pero no podía. Todo estaba sucediendo demasiado deprisa.

—¿Do-dónde está Bruno?

—Hace mucho que no viene. Ni siquiera a por su ropa.

—Pero ¿qué le ha pasado? —le pregunté confundido.

Era difícil encontrar la nariz bajo ese pudin de manzana en el que su rostro se había transformado. Los ojos se movían cada uno por su lado, las orejas parecían un concepto añadido más tarde por otro fabricante. Era un Muppet, claramente manipulado por alguien oculto tras las sábanas. Solo asomaban la cabeza y las manos, igual que Epi y Blas en la cama.

—Yo es que no vi nada. —Los labios se movían asincrónicos con sus palabras—. Estaba con la colada, agachada, cuando noté un golpe en la espalda. Caí al suelo, y ya no recuerdo más. Eso sí, llevaban suelas con puntas de metal. Lo sé porque me las enseñaron muy de cerca.

—¿Robaron algo? ¿Qué es lo que buscaban? —Aquello no era el clásico atraco, eso era evidente—. Mientras, eh..., digamos, le mostraban los materiales de su calzado, ¿pudo advertir quizá alguna intención suplementaria en sus agresores?

—Vaciaron los botes de la cocina. Todos los botes. Revolvieron la ropa. Registraron hasta mi maleta, mire usted.

—¿Su maleta?

—Sí, yo acababa de volver de Bogotá esa misma mañana. Fui a ver a mi madre, que está en cama con una pancreatitis. Me prestó el dinero para el billete de avión, ¿no recuerda? Cuando regresé a la casa, ya no estaba allí. Recogí la ropa del dormitorio y la metí con mis cosas en la lavadora, cuando me atacaron. Tome las llaves —me dijo mientras las sacaba de un cajón—, hágame ese favor.

Me entregó un manojo de llaves coronado por un muñeco de Mickey mordisqueado y rancio. Algo profundo me sobrecogió. Una especie de vértigo al notar ese trozo de plástico en mis manos, mirándome. Pude leer en su base: «Disneyland Paris 2008». ¿Por qué estaba a punto de echarme a llorar? Del llavero también colgaba una plaquita metálica con las iniciales HTH.

Había ocurrido. Iba a entrar en el apartamento.

Estuviera Bruno o no, podía acceder a su estudio, y hacerme con el material gráfico que allí encontrase. En aquel momento no pensé en la tremenda conjunción planetaria que sobre mi persona tuvo que darse para hacer posible este suceso. Se tuvo que producir, insisto, una gran concentración planetaria en Tauro —nací el 1 de mayo—, en la cual el Sol, la Luna y los cinco planetas visibles (Mercurio, Venus, Marte, Júpiter y Saturno) se alineasen —con no más de 25 grados de separación— sobre mi cabeza, de tal manera que este inusual acontecimiento (*stellium* es su nombre técnico, acaecido tan solo en dos ocasiones durante el último milenio) sucediera efectivamente.

Armado con las llaves me sentía capaz de todo. Lo primero que hice fue saltar por la ventana.

Sí, ese era el inconfundible estilo de Satrústegi, del que aprendí tanto. Aposté por lanzarme al vacío en ese mismo instante, sin mediar ningún tipo de reflexión acerca de los pros y contras de una decisión como esa. No puedo explicar por qué, pero sentí esa necesidad. Como si fuera una manía, un ejercicio de estilo, algo que hacía habitualmente. Abrí la ventana, apoyé mis rodillas en el marco y dejé el peso de mi cuerpo en manos de la gravedad. Mientras escuchaba los gritos de Cecilia durante la caída —más larga de lo previsto—, la brisa del atardecer acarició mi rostro, justo antes de sentir el contacto de un cristal estallando en mis mejillas. ¿Quién podía imaginar que la línea de autobús 125 de la EMT (encargada de la prestación del servicio de transporte público urbano colectivo de superficie) tuviera una parada con su marquesina justo debajo de la ventana?

—Se ha caído usted encima de mi madre.

Hay cosas que se me escapan. No solo ciertos problemas de índole matemática (sobre todo, raíces cuadradas), sino, por ejemplo, dónde establecer la zona específica de aterrizaje cuando uno salta de un edificio sin mirar qué hay debajo. La pobre mujer, dueña de un caniche color mostaza, recibió mis ciento dos kilos de peso con una entereza considerable: apenas se quejó. El caniche, eso sí, salió disparado como un resorte, mientras el hijo de la señora afectada —un señor de bigote— lo seguía, absorto, con la mirada. Después, centró su interés en el objeto que acababa de precipitarse sobre la persona que más quería en este mundo.

—Discúlpeme —comenté apesadumbrado, y dolorido—, no pretendía perjudicarla. Se trata de una triste coincidencia.

La EMT es una empresa responsable, y el autobús de la línea 125 pasa por sus paradas cada ocho minutos. Agradecí infinitamente su presencia montando raudo y veloz, mientras aquel señor de bigote intentaba romperme las piernas. El caniche cayó del cielo justo en ese instante, circunstancia inesperada que distrajo su atención: las puertas del autobús se cerraron, y cuando volví la mirada, ya estaban lejos.

Tenía las llaves del apartamento de Bruno Kossovsky en mi poder. Mi objetivo, desentrañar el misterio de su desaparición y comprobar en qué estado se hallaba su trabajo, se encontraba muy cerca, tan solo a unos pocos kilómetros de distancia. En media hora abriría esa puerta y, con suerte, solucionaría mis problemas. Entretanto, sacaba fragmentos de cristal de mis orejas con las uñas, y reía entre dientes. El dolor es algo subjetivo. Recuerdo sentir una gran satisfacción, un orgullo enorme. El destino no existe, solo hay voluntades inquebrantables que luchan por imponerse. La voluntad que prevalece escribe el futuro con sangre. Más risas. El conductor del autobús me miraba extrañado. No sabía que, sentado en la tercera fila de asientos de la línea 125 de la EMT de Madrid, viajaba una mala bestia capaz de todo.

6

EN LA CUEVA DE LOS MISTERIOS

La luz de las farolas de la calle Desengaño iluminaba pálidamente los pechos generosos de un grupo de rumanas que, apoyadas en la pared, sonreían traviesas a los transeúntes. Siempre hay viejecitos ávidos de conversación a altas horas de la noche en este barrio de Madrid, al que tengo especial cariño. Poca gente suele charlar tan tarde. Es fascinante que mujeres solitarias se presten al coloquio sobre temas diversos con esa desenvoltura a esas horas de la noche. El diálogo resulta picante y lleno de ocurrencias sutiles: ¡qué maravilla verlos cuchichear y divertirse de esa manera! Por parejas suelen establecerse los debates, que se resuelven, en general, de manera breve. Los ancianitos pierden el interés repentinamente, o a veces, agarrados de la mano, son conducidos con ternura a un portal, del que salen unos minutos más tarde, contentos, pero con mucha prisa.

Como si se tratase de guardias de la Reina en Buckingham Palace, dos poderosas hembras de color flanqueaban la entrada del portal de Bruno, cada una provista de una formidable mata de pelo, negra como una noche sin estrellas. No pude evitar sonreír al pensar en los sombreros de piel de oso de la infantería británica.

—¿De qué te ríes, machote?

El término *machote* me sorprendió, pero lo acepté con elegancia.

—Voy a casa de mi abuelita. —Me sigue asombrando el hecho de que dijera tamaña estupidez: algo en mi interior me empujó a ello—. Qué ojos tan grandes tienes.

Intenté abrir la puerta con presteza. Se me cayeron las llaves al suelo. El manojo con su muñequito de Mickey descolorido y las iniciales HTH quedó a la vista de todos.

—¿Estás nervioso, cielo? ¿Quieres que te ayudemos?

La más descarada se aproximó, apretando con fuerza mi glúteo izquierdo, cuyo diámetro se hallaba perfectamente cubierto por la enorme palma de su mano. Aprovechaba lo indefenso de mi situación, y lo reducido de mi tamaño. Uñas de porcelana arañaban mi piel.

—Agradezco su ofrecimiento —respondí educadamente—, pero creo que las confianzas que usted se toma exceden los límites de lo que podríamos considerar tan solo un juego inofensivo por mi parte.

Parece que esa frase la detuvo, pero su amiga avanzó hacia mí, bajando la cremallera de mi pantalón para, posteriormente, introducir su mano en el interior, ejerciendo una presión considerable sobre mis genitales.

—Amor mío, ¿qué te ha pasado en la cara? ¿Te ha atropellado un camión?

Claro: mi aspecto, después de los últimos acontecimientos, no se ajustaba a los cánones de elegancia y pulcritud que estas señoritas —a pesar de su dilatada experiencia— consideraban aceptables. No obstante, el masaje que producían sus dedos sobre esa delicada parte de mi organismo resultó particularmente placentero. Incluso confesaré que, aunque apretaba mis huevos con toda su alma, y que las consabidas uñas de porcelana (reglamentarias, por lo que vi, en su indumentaria) se hundían con fuerza en mi pene, hasta —prácticamente— seccionarlo, los estímulos que llegaban a mi cerebro no eran del todo negativos; es más, podría decirse que una extraña mezcla de tormento agudo y furioso deleite se apoderaba de mí sin que pudiera, en ningún caso, evitarlo.

—Yo creo... que... la... por... yo... —Es curioso cómo el diálogo se fragmenta al experimentar ciertas sensaciones—. Buh... Bih... Ggh...

¿Es posible sentir dolor y placer al mismo tiempo? La hipótesis cartesiana de la separación entre alma y cuerpo siempre me resultó decepcionante, y tras los sucesos que aquí se tratan, corroboré mis sospechas. Spinoza, sin embargo, consideraba que hay una «continuidad entre el cuerpo y las representaciones mentales de lo que ocurre al cuerpo, de lo determinante de las emociones y sentimientos, lo que a su vez permite a la propia mente intervenir sobre el cuerpo en orden a aproximarse a un mayor grado de felicidad» (Vicente Serrano: *La herida de Spinoza. Felicidad y política en la vida posmoderna*, Barcelona: Anagrama, 2011, p. 12).

El placer y el dolor —como afirmaban desde la Antigüedad epicúreos, estoicos y, siglos después, Freud y el psicoanálisis— son mecanismos reguladores de nuestro organismo. Si este animal de ébano pulido me arranca los huevos debería apartarme, pero, por otro lado, no soy capaz de hacerlo, porque un gozo indescriptible me une a estas esculturas basálticas, rocas ígneas con uñas de porcelana blanca. ¿Qué hacer? ¿Qué haría Spinoza?

Según el ensayista Vicente Serrano, al que admiro sinceramente por su penetrante aproximación al pensamiento del judío sefardí, «históricamente ha habido una coincidencia en que el placer en sí mismo no podía ser el objetivo ni el contenido de la felicidad, sino que más bien es la ausencia de dolor la que produce un tipo de placer tranquilo, una especie de placer de segundo orden que consiste en el sentimiento asociado a ese equilibrio que se aleja de ambos extremos, el placer de primer orden y el dolor».

Fíjate que ahí no le sigo yo a Vicente a pies juntillas, porque el placer de primer orden tiene un encanto insoslayable (a Dios pongo por testigo de que esto es cierto), si bien tengo que reconocer, aunque me pese, que su recuerdo nos deprime un poco, como me está sucediendo ahora mismo, al escribir estas líneas.

La llave entró, al fin, en la maldita cerradura y desaparecí en el interior del portal de Bruno, interrumpiendo la conversación. Cerré la puerta con fuerza. En el suelo, retorcido, a oscuras, escuchaba carcajadas al otro lado, mientras recuperaba el riego sanguíneo, tan necesario.

Está claro que David Borsook —reflexioné—, neurobiólogo del departamento de investigación sobre el dolor del Hospital General de Massachusetts, tiene mucho que decir acerca del gozo y el tormento. Según Borsook, «un estímulo de tipo adverso, doloroso [*verbi gratia*, apreturas de genitales desproporcionadas] activa también las estructuras de recompensa [erección inmediata, eyaculatio praecox], [...] y viceversa».

Al meter la mano en el bolsillo para depositar a Mickey con sus llaves, descubrí que me faltaban doscientos euros. Reconozco que este detalle (insignificante) me desagradó, pero no quería buscar responsabilidades. Había venido a lo que había venido, y no pensaba postergar mi investigación por un percance económico sin trascendencia.

Los estudios psicológicos han demostrado que la experiencia tiene un papel importante en el dolor. Tanto es así que el cerebro puede sufrir en ausencia de estímulos que lo provoquen —no en este caso—, por lo que se deduce que existe un mecanismo, una «neuromatriz» que mantiene una imagen del cuerpo sobre la que funcionan los estímulos sensibles. La sensación de dolor surge, por tanto, de los impulsos que genera esta neuromatriz, mezcla de la percepción sensible con los datos recibidos por actividades cognitivas y —muy importante— afectivas.

Subí andando. No es que tuviera algún interés en quemar calorías, o practicar algún tipo de ejercicio físico innecesario. La cuestión era no hacer ruido o encender la luz. Temía al portero, a la señora de la limpieza, a los seres ignotos que poblaban la entrada al inframundo, orcos furiosos en un Dungeon urbano. Agarrado a la barandilla y disfrutando de un dolor en el bajo vientre que me obligaba a ascender doblado como una anciana, la escalada hasta el apartamento de Bruno se prolongaba eternamente. ¡Quién pudiera haber tenido una antorcha para iluminar el camino!

No me quitaba a Borsook de la cabeza. Mediante Imágenes de Resonancia Magnética Funcional (FRMI, por sus siglas en inglés), demostró que «estímulos no placenteros [en el caso que nos ocupa, uñas clavándose repetidas veces en el escroto] activan no solo los mecanismos del dolor, sino también otras áreas que se consideran con anterioridad parte del circuito de las recompensas». Más claro, agua.

Hans Breiter, del Centro de Emoción y Neurociencias del Hospital General de Massachusetts (qué listos son en Massachusetts), opina, como Vicente Serrano y yo mismo —tras el encontronazo con estas dos negrazas impresionantes—, que la unión de conocimiento y ética, razón y sentimiento, planteada por Spinoza y Bentham, al establecer un *continuum* entre recompensa y aversión, placer y dolor, no solo no es descabellada, sino que se basa en rigurosos fundamentos científicos.

Conclusión: me gusta que me duela. ¿Qué significa eso? A Jose María, en Mondragón, le pasaba lo mismo: le encantaba que le arrancaran las grapas de la cabeza. Decía que le daba «gustirrinín». O en el Dungeon. El Dungeon funcionaba de igual manera; los sufrimientos del personaje coincidían con los placeres del jugador.

En el Dungeons & Dragons, el apasionante juego de rol, las antorchas duraban una hora, o al menos eso indicaban las instrucciones. Bien es sabido que todos, en nuestra mochila de aventureros, llevábamos siempre al menos seis antorchas además del frasco de agua bendita —proyectil arrojadizo destinado a posibles muertos vivientes—, la yesca para encender las antorchas, los pergaminos por si debíamos escribir algún conjuro, la cuerda para escalar (qué bien me vendría ahora) y una multitud de objetos que harían de esa mochila un bulto impracticable. ¿Cómo sería posible una batalla en los oscuros y estrechos pasillos del Dungeon, pertrechados con esas enormes mochilas? También había sacos para acarrear los tesoros encontrados en la aventura, e incluso animales de carga para transportar los sacos. Si a eso le sumamos la armadura, y la docena de espadas que arrastrábamos por si acaso, la imagen ulterior no resultaría todo lo épica que uno desearía. ¿Quién puede parecer medianamente digno acompañado de un burro?

Resulta insólito que un escritor, editor y licenciado en dos carreras como yo encontrase el tiempo necesario para dedicarse a un juego adolescente como este. Sin embargo, Dungeons & Dragons no suponía tan solo un mero entretenimiento. Estamos hablando de una auténtica enciclopedia de conocimientos esotéricos, y los iniciados lo sabían. Había que jugar un par de veces para darse cuenta de que algo extraño se ponía en marcha en lo más profundo de tu interior, un proceso de regeneración imparable que transformaba tu alma en lo que algunos consideran un perfecto idiota, pero que otros, más sabios, o con más tiempo que perder, llamaban el Dungeon Master, el gran hierofante, el Guardián de los Misterios.

Yo fui Dungeon Master a los veintiocho años. Un poco mayor, lo reconozco. Sin embargo, aún ahora, sigo pensando que supuso una experiencia enriquecedora. Lejos de tratarse de una actividad juvenil intrascendente que —según infundios y habladurías— oculta una serie de carencias, aquellos voluminosos manuales significaron un relevante avance en mi formación intelectual. Sospecho que mis superiores en la editorial Satélite reprobarían mi afición por la fantasía heroica, tan denostada en círculos literarios más comprometidos, y no menos mi debilidad manifiesta hacia los juegos de mesa. Pero no por ello voy a ocultarlo. Es más, me siento orgulloso de pertenecer a esa rara especie de personas que viven de sus ilusiones y se alimentan de ellas.

Yo era Abraxas, un hechicero legal de tercer nivel, con más de 5500 puntos de experiencia, ascendiendo por las escaleras del portal de Bruno, sin mi cetro ni mi libro de magia. Qué daría yo por haber tenido a mano mi conjuro de luz, que proyectaba un volumen de fulgor mágico de nueve metros de diámetro. Ni antorchas ni fulgor. Tenía las rodillas en carne viva gracias a los escalones. Pero no por ello cejé en mi intento.

Tras media hora de ascenso complicado, llegué a la puerta. Como si me encontrase frente al pórtico de los enanos, busqué los emblemas de Durin y el árbol de los Altos Elfos. Labradas en ithildin, tenían que aparecer ante mis ojos las runas míticas, iluminadas por la luz de la luna. Deslicé suavemente mi mano sobre la madera, pero aquello no funcionó. La luna no me acompañaba en absoluto, y lo único que conseguí fue clavarme una astilla que me hizo un daño horroroso en el pulgar. «Habla, amigo, y entra», deseaba haber pronunciado en la lengua de los elfos, pero solo me surgió un alarido ofensivamente femenino y un par de palabras procaces en castellano. Recordé entonces que tenía en mi poder las llaves de Minas Tirith. Saqué de mi bolsillo al pobre Mickey, desfigurado por los dientes de un perro. Las iniciales HTH seguían intrigándome: Henry Thomas Henderson. O igual Hay Tartas Herméticas. O quizá Hombres Travestidos Histéricos. Las posibilidades eran infinitas. Mientras le daba vueltas al asunto, milagrosamente una de las llaves se introdujo sin apenas esfuerzo en la cerradura. La giré y, tras un chasquido, la puerta se abrió. El chirriar de los goznes resonó en el abismo. La reja de la mazmorra estaba abierta. Avancé con cautela. Me mordía los labios por no llorar. Abraxas cruzaba las fronteras de lo imposible, adentrándose en el Inframundo.

7

EL POZO Y LA VACA

Cerré la puerta. Oscuridad absoluta.

—¿Qué pasa? ¿Este apartamento no tiene ventanas?

Olor a cerrado, a calcetines usados durante mucho tiempo, o por varias personas. Extendí los brazos, intentando encontrar una pared, un objeto sólido al que asirme. Nada. Imposible saber qué tenía enfrente. Cada paso, calculado, representaba un progreso de unos quince centímetros hacia la nada más negra. Pisaba una alfombra, o al menos eso parecía, porque el suelo era blando, esponjoso y húmedo. Al despegar las suelas de mis zapatos, apreciaba un sonido líquido inconfundible. ¿De qué podría tratarse? ¿El agua de la lavadora? ¡Claro, cuando aquellos hombres atacaron a Cecilia, la puerta de la lavadora se quedaría abierta, y provocó esta fuga!

Aunque, pensándolo bien, las lavadoras tienen un sensor, un bloqueo automático que impide su apertura. Está compuesto por una resistencia que al recibir la corriente eléctrica se calienta, activando un bimetal —una tira compuesta por dos metales con diferentes coeficientes térmicos de expansión, que convierten un cambio de temperatura en un movimiento mecánico—, el cual está conectado a su vez con dos terminales que cierran un contacto eléctrico y dejan circular la corriente hacia el electrodoméstico, permitiendo el encendido de este. Vamos, que no puede derramarse el agua.

¡Esto era otra cosa! ¿Qué? Algo siniestro y repugnante. ¿Flujos seminales de una entidad abisal enorme, surgida de lo más tenebroso del Espacio y el Tiempo? ¿Un escuadrón de nigerianas impúdicas menstruando salvajemente sobre suelos, techo y paredes? No, eso no. Eso me venía por las amazonas de la puerta, adheridas a mis neuronas como fuego. ¡Quién pudiera volver a verlas! Claro, en aquel entonces ignoraba que vería cumplido mi deseo. Yo ya no estaba en mis cabales. Intoxicado por el abstruso e incomprensible hedor de aquella caverna abominable, perdí el juicio. Comencé a cantar, intentando apartar los fantasmas que me acechaban.

—Lo tengo todo, papi, lo tengo todo, papi, tengo fly, tengo party, tengo pura sabrosura...

Abraxas no conseguía sacarse el miedo del cuerpo. Abraxas, hechicero de tercer nivel con 5500 puntos de experiencia, no podía ni tragar saliva en aquel pozo abyecto en el cual se hallaba atrapado. Necesitaba pensar algo rápido o me iba a volver loco. Decidí arrodillarme, concentrando en esa decisión todo el valor del que pude hacer acopio. Bajé los brazos y, lentamente, posé las palmas de las manos sobre la superficie pegajosa. Las rodillas se hundieron en el fango, y su humedad caló mis huesos.

—Tengo fly... Tengo party...

Media hora tardé en avanzar un par de metros. Mares de pesadilla, océanos de zozobra golpeaban mis articulaciones, y un denso oleaje de espuma histérica aturdía mi entendimiento. ¿Qué hacía allí? ¿Dónde me hallaba? Ya no estaba en ningún sitio. Mis sentidos no recogían sensaciones. Podía aventurar un entorno cerrado a mi alrededor, pero se trataba tan solo de eso, una mera intuición, porque no era posible abarcarlo. La membrana pastosa sobre la que descansaba mi organismo captaba toda la atención. Con los dedos rastreaba desesperado buscando objetos sólidos, algo que confirmara empíricamente que lo que estaba viviendo no era un sueño. ¡Aquello era un piso, coño, un maldito piso inundado —Dios sabe por qué—, y nada más! Pero también era un enorme útero, una gigantesca placenta mortal, y yo, un nonato, un feto perdido en el vientre del monstruo, Jonás, hijo de Amitai, profeta de Gat-Héfer, engullido por el gran pez. Recordé entonces los versículos del Antiguo Testamento (Jonás 2, 2-9):

En mi angustia clamé al Señor, y él me respondió. Desde las entrañas del sepulcro pedí auxilio, y tú escuchaste mi clamor. A lo profundo me arrojaste, al corazón mismo de los mares; las corrientes me envolvían, todas tus ondas y tus olas pasaban sobre mí. Y pensé: «He sido expulsado de tu presencia. ¿Cómo volveré a contemplar tu santo templo?». Las aguas me llegaban hasta el cuello, lo profundo del océano me envolvía; las algas se me enredaban en la cabeza, arrastrándome a los cimientos de las montañas. Me tragó la tierra, y para siempre sus cerrojos se cerraron tras de mí. Pero tú, Señor, Dios mío, me rescataste de la fosa. Al sentir que se me iba la vida, me acordé del Señor, y mi oración llegó hasta ti, hasta tu santo templo. Los que siguen a ídolos vanos abandonan el amor de Dios. Yo, en cambio, te ofreceré sacrificios y cánticos de gratitud. Cumpliré las promesas que te hice. ¡La salvación viene del Señor!

El acojono no se iba. De pronto, mi mano izquierda encontró algo. Limpié de babas el objeto, pequeño, no más grande que un puño. Las yemas de mis dedos seguían sus volúmenes, componiendo una estructura, una imagen en mi cerebro. Se trataba de un muñeco Playmobil. Quizá un indio, o un guarda forestal. No, no, me precipité. Era otra cosa porque no tenía extremidades, o eran minúsculas. ¿Cuernos? El material aparentaba ser más duro que el plástico. Al rato descubrí que era una vaca. Cómo pasé de guarda forestal a vaca se explica exclusivamente por los nervios que me comían por dentro.

¡Un mechero! Un mechero de esos de recuerdo, gracioso, con intenciones humorísticas. Un mechero significaba la salvación. Apreté el resorte. Los cuernitos se movían. Nada. Ni una chispa. ¡Dios, qué desastre! Jonás tuvo que estar puteadísimo en el vientre de la ballena. Juré ofrecer sacrificios y cánticos de gratitud al Señor durante meses si aquel mechero funcionaba. Apreté, apreté y apreté, hasta arrancarme prácticamente el pulgar. Por desgracia, los cuernos se rompieron primero. La pequeña pieza cayó al fondo del limo pestilente. Gritando, frenético, intenté recuperarla. Mis manos hacían remolinos en el barro. Nada. Imposible. La piel de los dedos me picaba, escocida por el roce continuo contra la alfombra empapada. Con la histeria perdí también la vaca, el objeto principal, que se resbaló, desapareciendo a lo lejos. Gritos. Lloros.

El más profundo terror se apoderó de mi ánimo. Imaginé un ataque de ansiedad, ese fenómeno tan habitual en mi cuadro clínico, acercándose, sonriente, saludándome en la distancia.

—¡Ahora estoy contigo! —me decía por señas.

Como la maldita vaca estaba mojada, todo intento resultaba vano. Pero ahora daba igual: la había perdido y volvía a estar solo, hundido en las arenas movedizas de ese apartamento que, sin duda, terminaría siendo mi tumba. El runrún de la torpeza de perder el mechero de una manera tan innoble no me dejaba respirar. Siempre igual: lamentos y culpa después del más estrepitoso de los fracasos. ¿Por qué desperdiciar tiempo y energías en algo que ha concluido, un caso cerrado, una vía de investigación extinta? La vaca, la vaca..., maneras de recuperarla. Olvídalo: ¡Está perdida! Pero... ¿Por qué apreté tanto? ¿Y si el resorte no se encontraba en los cuernos sino en el rabo? No apreté el rabo. Tenía que haber apretado el rabo.

¡Basta! Procuré centrarme en ideas positivas. Avanzar. Avanzar a lo loco. Eso es: decisión. Con un dolor de rodillas comparable al de una cistoscopia sin anestesia, logré incorporarme. Reuní fuerzas y, sin meditarlo un solo instante, eché a correr. Salí disparado como un torpedo, sin objetivo ni dirección. Aullando con toda mi alma me abandoné al destino, agitando los brazos, los ojos cerrados, dientes apretados, esperando el choque colosal contra la pared, o un mueble lleno de aristas, o una ventana tapiada acaso, por la que me precipitaría, esta vez sí, a una muerte segura. La incertidumbre duró escasamente un segundo, segundo y medio.

... tengo pura sabrosura.

Los dientes son susceptibles de generar sufrimiento de diversas maneras, básicamente a través de las terminaciones nerviosas, o por las encías. Pero cuando golpeas tu boca contra el marco de una puerta a una velocidad de choque considerable, sin paliativos, consigues aunar esos dos focos de dolor duplicando el malestar. Tres dientes desaparecieron en el impacto, revoloteando como mariposas. Me invadió un sabor dulzón en la boca: era sangre. Aturdido, me apoyé en la pared, y mágicamente, se encendió la luz.

¿Por qué lo sencillo cuesta tanto? Tan solo era cuestión de tantear el espacio hasta encontrar el interruptor. Y ya está. El problema radica en que lo sencillo es solo sencillo para mentes sencillas. El mundo es un caos si el receptor es enrevesado, complejo, neurótico, visceral. Pero cuidado: no por ello su perspectiva es menos real. Muy por el contrario, apuesto a que las soluciones simples, económicas, no se aproximan en lo más mínimo a la verdad. El camino más corto entre dos puntos no hace el trayecto más auténtico. No, amigos, no. Lo hace todo más rápido, seguro, pero te pierdes el detalle. Y en el detalle, creedme, se encuentra la esencia de lo existente.

En las farragosas instrucciones del Dungeon, en saber que una antorcha dura una hora, en el auténtico nombre de las cosas —impronunciable pero legible en un vaso del Starbucks—, en el rostro caliente y desorejado de Ramón y Cajal, en los apuntes deformados por los glúteos de Montse, ahí y no en otro sitio hallaremos el secreto significado de la realidad. «Que los árboles no te impidan ver el bosque», dicen los falsos profetas. ¡Mentira! Golpeándose contra cada árbol, sistemáticamente, sabremos cuál es el sabor y la dureza del bosque. Con una visión general tendremos un dibujo del bosque infantil, esquemático. Funcional, por supuesto, eficaz, a la hora de presentar una redacción sobre el bosque en el colegio. Pero si lo que quieres es conocer el bosque, demonios, si lo que buscas es saber a qué sabe el bosque, y qué se siente siendo bosque, por el amor de Dios, hay que masticar sus hojas, hay que rumiar la corteza del tronco como las vacas (tengan como tengan los cuernos), hay que dormir en sus raíces y dejarse devorar por las alimañas.

Y si no quieres todo eso, pasa del bosque. Dedícate a otra cosa, a los invernaderos o a las macetas, a escribir astutas reseñas en los periódicos o a perder sistemáticamente archivos en la nube. Pero el que quiere bosque se lo tiene que currar. El que quiere comerse la vida a bocados se deja los dientes en el intento. No valen aproximaciones, no vale mirar. El que mira, aunque mire mucho, aunque dedique su vida a la maldita observación de acontecimientos protagonizados por terceros, a quemarse las pestañas todos los días con un sol de contenidos, no sabrá más de sexo que un *teenager* enganchado al PornoTube. Hay que vivir la erección y contaminarse del dolor de su ausencia para poder valorarla en su justa medida. El olor del toro embravecido es muy diferente cuando se permanece oculto en el burladero. Si quieres saber qué es un toro, no basta con mirarlo con ojos cobardes. Hay que pisar el ruedo, pegarse a su hocico y sentir cómo su miedo se mezcla con el tuyo.

Yo no miraba: actuaba. Con el ligamento periodontal hecho un cromo, un incisivo, un canino y un premolar desaparecidos en combate, no pude evitar esbozar una sonrisa. Había vencido, y mi alegría no tenía límites.

8

SHOCK CORRIDOR

Qué fácil y engañoso es avanzar cuando te marcan un camino, a poder ser de baldosas amarillas. Al fondo del pasillo, el despacho. Creía distinguir la mesa de dibujo del artista a través del resquicio de la puerta. Me encontraba a unos escasos metros del material que tanto ansiaba... A no ser que Bruno se lo hubiera llevado consigo. En ese caso no habría nada. Quizá unos bocetos, hojas desechadas, material de trabajo. Unos lápices, gomas, rotuladores... Por favor, no. No, después de todo este martirio. Tenía que estar allí porque me lo merecía, porque Dios es justo, porque las cosas tienen sentido, porque después de A, si tenemos B, llega C. Y yo tengo la B. La B de bueno, de bien, de valiente, de victoria. Estas dos últimas no sé, pero no entremos en detalles: valen.

A mi derecha, bilis de pasillo, repletas de tebeos. Un par de recopilaciones de Krigstein sobre una estantería. Ditko. El póster colosal de Frankenstein de

Jack Davis, a tamaño natural, enmarcado y firmado. Un Arzak en francés manoseado, sin cubiertas. Los *Totem* de *El garaje hermético de Jerry Cornelius.* Ejemplares únicos, conservados durante décadas. No podía evitar detenerme para olerlos, para tocarlos, lamerlos. Fragmentos de felicidad pura, perfecta. La colección completa de *Strong,* con *Spirou y Fantasio.* Valiosísimos números de *Linus,* en un estado de conservación asombroso: destrozados, comidos por pequeños dientes de niño ansioso, en los bordes. Ese niño que disfruta con el sabor amargo del papel, con la sensación de amasar pulpa de celulosa en la boca, hasta generar una pasta moldeable. *Astérix,* de la editorial Piloto (extraña versión nacional de Pilote). *Kelly Ojo Mágico* de Vértice, Tintines con lomo de tela. *Arturo, el fantasma justiciero,* de Jean Cezard, obra gnóstica por antonomasia, incomprensible, con un humor perverso y cruel. *Príncipe Valiente* en la edición de Buru Lan, con esos colores planos deliciosos y el olor más excitante que ha tenido jamás un tebeo impreso en este planeta. Los dieciocho primeros números de *Cairo,* extrañamente bien conservados. Siete ejemplares de *Cocobill,* de Jacovitti, con sus enormes narices y los cuerpos retorcidos por una compleja y simétrica perspectiva. Ambrosía, hidromiel de tebeo rancio. *Mort Cinder.* Autografiado: «Para Bruno, con cariño, tu amigo Alberto». El grandioso Breccia. Sentí un profundo estremecimiento.

Las lágrimas corrían por mi cara hasta caer sobre la dedicatoria del genio, ablandando la página. Guión de Oesterheld. ¿Por qué me afectaba tanto todo esto? Bruno era un experto, y su colección valía millones.

Avanzando por el pasillo abrí un armarito. En su interior, juegos de mesa. Cluedo, Monopoly, Operación: clásicos. Junto a estos, oculto por una insana amalgama de revistas porno alemanas de los ochenta —distinguí la palabra *bukake*, entre ellas—, la caja roja. Un ejemplar de la caja roja de Dalmau Carles Pla, con los bordes gastados y rotos, pero cuidada, sin reventar del todo. La caja roja de Dalmau era la llave al mundo del Dungeons & Dragons, los libros de instrucciones místicos que originaron todo. ¿Cómo podía darse esta extrema casualidad? Unos minutos antes especulaba sobre la trascendencia del Dungeon en mi desarrollo cognoscitivo, y ahora descubría, escondido en un armario del pasillo de Bruno, bajo un manto de mujeres lascivas, un ejemplar rarísimo de las instrucciones del juego de rol por antonomasia.

Todo aquel que abriera la caja roja caía irremediablemente rendido al mundo del Dungeon, espacio paralelo donde el iniciado suplanta la personalidad de un semidiós. En el Cluedo, durante unos minutos, el jugador vive la emoción de sentirse detective en una casa misteriosa, y disfruta resolviendo el misterio: la señorita Amapola, en la biblioteca, con la llave inglesa. En el Monopoly, el divino infante compra hoteles de manera compulsiva, acaparando dinero, arrancándolo de las manos a los demás jugadores, a cambio de una breve estancia en sus posesiones. Los niños aprenden a especular y, sobre todo, a arruinar a sus semejantes, conocimientos prácticos extraordinariamente valorados en el mundo moderno.

La caja roja, sin embargo, era otra cosa: tú suplantas la vida de otro, para siempre. Tú eres otro. Con tu fuerza, inteligencia, voluntad, constitución, destreza, sabiduría y carisma. Tus habilidades están perfectamente anotadas, y te entiendes mejor con tus congéneres que en la supuesta vida real. ¿Quiénes somos, en esencia? ¿Lo que fuimos y sufrimos en la infancia? ¿Por qué no puedo recuperar la mía? No lo sabremos nunca, pero con la caja roja lo tienes clarísimo. Conoces tus carencias, y te armas para solventarlas.

Tienes un objetivo, una misión. Sabes quién eres y adónde vas. Ocupas un lugar concreto en el drama cósmico. El Dungeon Master, infinitamente sabio, controla tus movimientos y resuelve las consecuencias de tus actos a través de una metodología precisa e imparcial. Son los dados los que marcan tu destino, en base a tus habilidades. Para ello no basta un hexaedro regular. Eso es para el Monopoly o la Oca, los dos juegos que conducen simbólicamente al hombre, desde tiempo inmemorial, hacia un modo de vida unívoco y regular, prisionero de una perspectiva plana, encerrado en un universo cúbico.

El disco de Festos y el tablero mágico de Elizabeth Maggie nos atraparon para encasillar cualquier acontecimiento humano privándonos de alternativas, y después, inducirnos a un objetivo único: la felicidad del monopolio, donde ganar implica hacer perder a los demás. La humanidad precisa de un sistema axiomático más complejo que el desarrollado por un vulgar hexaedro. Hay que quebrar sus esquinas y postular ángulos distintos. En la caja roja descubrimos otra geometría, que conlleva una ética inesperada. Para desarrollar un juego justo que se acomode a un modelo más amplio de libertad, había que hacerse con nuevos poliedros. Queremos dados de tres, cuatro, seis, ocho, diez, doce y veinte caras.

Las múltiples combinaciones de esos dados generan infinitos resultados, que se modifican considerando las condiciones que envuelven cada situación. No hay trampas. No hay tablero. El tablero lo dibujan los jugadores. El espacio se construye jugando. Los lugares, si acaso, son descritos someramente con planos garabateados, especificando de manera abstracta la posición de los personajes: un debate con Dios en un espacio imaginario. No se juega a ganar. Ganar o perder son conceptos subjetivos: juegas a vivir.

Uno no se define por el fracaso que a su alrededor siembra sobre los cadáveres de sus compañeros de juego, sino por lo acertado de sus decisiones, que marcan una evolución en el personaje. En el verdadero juego, el legítimo, no hay fichas. Uno dice lo que quiere hacer, y tira los dados. El Dungeon Master te explica, con la caja roja en tus manos, si tus deseos se cumplen. Si sobrevives a la partida, en la siguiente mantienes tu identidad, modificada por la experiencia. Eres más fuerte, más sabio, o tu armadura más dura. Hay un avance, un progreso. El universo es ecuánime.

Creces, te haces más poderoso, envejeces. Las partidas dejan de ser un juego para convertirse en algo decisivo. Ya no juegas por jugar, juegas para desarrollarte, para fabricar tu nueva identidad. Juegas para conocer. No permites que te acompañe cualquiera en las aventuras, no. Tus compañeros tienen que ser tan buenos o mejores que tú, porque dependes también de sus capacidades. Su fortuna está ligada a la tuya. Después de meses de juego, la supervivencia en el Dungeon pierde su carácter lúdico para convertirse en una necesidad perentoria. Los puntos de golpe que te asignaron al comenzar salvaguardan a tu personaje de la muerte. Eres capaz de todo por no perderlos, y más aún por aumentarlos. Tras innumerables partidas, puedes llegar a ser un héroe, un semidiós. Solo los dragones dorados te infunden respeto. ¡Y el juego, amigos, es tan elegante! Conversar, eso es todo lo que se necesita: hablar para jugar, y un papel donde anotar lo que acontece.

No hay nada más bello. Universos mentales desplegándose en una tarde lluviosa de domingo. Combates a muerte frente a precipicios de papel. Amores imposibles en el corazón profundo de la Tierra. Tambores en la oscuridad.

9

EL DESPACHO

Atravesé la puerta. Me abalancé sobre la mesa de dibujo. No vi rotuladores, lápices, gomas o tinta. No había acuarelas ni pinceles. Un ordenador en estado de reposo. Papeles desordenados, libros, *post-its.* Un mar de pequeños objetos desperdigados por las estanterías y muebles adyacentes. Un cenicero en forma de calavera. Un bote de pintura sintética en espray. Me mordí la uña del meñique y me arranqué un padrastro de cuajo. Gemido de dolor agudo. Fotos de seres queridos. Una impresora. Facturas clavadas en un pincho. Un sillón cubierto por una manta. Me senté delante del ordenador, con el objetivo de obtener la visión de conjunto que Bruno poseía de su habitación.

En primer lugar, el ordenador, un iMac de 27 pulgadas, con un procesador de 2,8 gigas Intel Core i5, parecía encontrarse en buen estado. Al activarlo, una cegadora luz blanca iluminó la estancia. Tuve que esperar unos segundos para distinguir su contenido con claridad. La pantalla tenía una mancha oscura a la izquierda. Esas pantallas dan problemas a partir de los cinco años, me dijeron una vez, y era cierto. Un enjambre de ventanas se revolvía ante mis ojos. Demasiada información para asumirla de golpe. Estaba claro que si había una posibilidad de averiguar dónde se encontraba Bruno y, más importante, qué diablos pasaba con su trabajo, se escondía en esa tupida maraña de notas y programas. Allí estaría todo: por qué huyó el muy cobarde, quiénes eran sus asaltantes, por qué la emprendieron con su asistenta Cecilia, todo. Es posible que también aparecieran sus páginas, archivadas en alguna carpeta, unos JPEG, unos PDF, unos TIFF, unos POFF, no sé, algo, por Dios.

Lo primero que vi al mover el ratón fue un grabado de Durero: *Melencolia I.* Kossovsky me habló de Durero... Era un TIFF enorme, con mucho detalle. Se trata de la obra más extraña y enrevesada del pintor renacentista alemán. Forma parte de un conjunto de tres grabados, las *Estampas Maestras,* junto a *San Gerónimo en su gabinete* y *El Caballero, la Muerte y el Diablo.*

ENCOLIA I
16 3 2 13
5 10 11 8
9 6 7 12
4 15 14 1

El centro de la imagen lo preside un ángel, que parece una señora, ataviado con una extraña túnica de cartón blanca, arrugadísima, que le queda enorme. Lleva una especie de ramo de perejil en su abundante y desmelenada cabellera, como si hubiera estado cocinando. Está deprimido, o ensimismado, o sencillamente aburrido, con un compás en una mano y la otra sosteniendo la cabeza, con el codo sobre la rodilla. A su izquierda distinguimos un *putto,* uno de esos angelotes cochinos de los cuadros de vírgenes, subido a una piedra de molino, o a un inmenso donut seco, repasando en una pizarra lo que falta de la receta, o haciendo un sudoku: no se aprecia con claridad. A los pies de la señora, un perro muerto de hambre y un balón de playa. Lo más inquietante es que, apalancado enfrente, alguien muy cabrón ha dejado un pedrusco de dos toneladas ahí tirado, un pedazo de romboedro absurdo del tamaño de un sillón orejero. Por el suelo, desperdigados como después de una fiesta, un sindiós de herramientas de carpintería. Desconcertante asunto, válgame Dios, por no hablar del angustioso cuadrado mágico que aparece encastrado sobre la pared de la casa de campo que tiene detrás. Una escalera de siete peldaños para subir a la terraza, una balanza, un reloj y una campana convierten el conjunto en un colosal acertijo que me agobió nada más verlo.

Bruno tenía la imagen ampliada al máximo, ocupando la pantalla en su práctica totalidad. ¿Qué buscaba en ella? ¿Formaría parte de su trabajo de investigación para el cómic que se supone estaba realizando? ¿Por qué precisamente esa estampa y no otra? ¿Por qué no una postal de Navidad?... Qué pregunta más estúpida. Las implicaciones del grabado son infinitas.

—¿Te gusta Durero? Es fundamental.

Recuerdo esa frase.

—Ehr.., sí, ¿el renacentista alemán? —Yo no sabía qué decir, aquello no venía a cuento, era claramente algo que remitía a otra cosa, me estaba avisando de esto.

—En cada dibujo esconde una terrible verdad. Yo creo que intenta decirnos algo, oculto a través de símbolos. —Y añadió—: Algo sobre nosotros que no nos atrevemos a reconocer, porque nos da mucho miedo.

Necesitaría años de investigación para encontrar cada una de sus claves. No digo ya para descifrar el universo de significantes filosóficos, metafísicos, cabalísticos, astrológicos, mágicos y geománticos de la obra de Durero, sino, mucho más difícil, la manera en que estos se imbrican, unos con otros, en la cota de malla que cubre el alma oscura de Bruno Kossovsky. Me trasladaría a vivir aquí, a este despacho, con un saco de dormir, víveres para una semana, hectolitros de Caramel machiattos, y estudiaría cada recoveco del ordenador, archivo por archivo, analizándolos pacientemente hasta comprenderlos en su totalidad.

Detrás del TIFF, un documento de Word. Comenzaba con un... «Querida Montse». Se me revolvieron las tripas. ¿Querida Montse? Montse, ¿cuál? ¿Mi Montse? ¿Cómo podía ser? No, no, por favor. Intenté calmarme. El sudor inundaba mi frente y me nublaba la vista. No, no, tranquilo: hay miles de Montses en este mundo, es ridículo. No... No. ¡Bruno Kossovsky conocía a Montse, peor, mucho peor, era su querida, vamos, que hablando en plata, igual se la tiraba!

Me levanté de golpe, sobresaltado, indignado, ofendido. El sillón con ruedas en el que me sentaba se corrió contra la pared, la manta cayó sobre el piso y yo me enredé con los cables y alargadores del suelo. Tiré de ellos y un chispazo me quemó el tobillo. El ordenador se apagó de golpe y un fuerte olor a quemado inundó la habitación. Acababa de fundir la instalación eléctrica. Inesperadamente, la estúpida manta se prendió fuego. Con mis alaridos y puntapiés conseguí apagarla, pero antes, una de las patas de la mesa sufrió el impacto del talón de mis zapatos, sacando el tornillo de su base (maldito IKEA) y, consiguientemente, derribó el tablero, que se vino abajo con ordenador y todo. La pantalla estalló. Más chispas y humo. Después, vuelta a la oscuridad más absoluta.

Lloré. Grité. Pataleé durante quince minutos. Me calmaba, pero al momento rompía a llorar. ¿Cómo pude ser tan imbécil? Acababa de destruir el único modo de avanzar en ese laberinto sin salida. ¿Qué diablos estaba pasando? ¿Qué significaba esta confabulación cósmica contra mi persona? ¿Cómo era posible que cayera sobre mí esta tormenta de diabólicas coincidencias? Y, por todas las rameras de Sodoma, ¿cómo podía, repito, ser tan imbécil? El ordenador estaba hecho trizas. ¡Torpe inútil, deficiente crónico, retrasado, bobo de los cojones, minusválido emocional, cretino, gilipollas integral! Cualquier insulto se me quedaba corto. ¿Por qué debo estar atado a mí mismo? ¿No sería maravilloso no verme de vez en cuando? ¿Por qué siempre que estoy en alguna parte, haciendo algo, tengo que estar conmigo?

Ahorraré al lector la triste salida del apartamento de Bruno. Prescindo de los resbalones en el fango del pasillo y la entrada, las involuntarias pero insistentes colisiones de los dedos de mis pies contra las esquinas del mobiliario, los lamentables ataques de rabia histérica. Tan solo un hecho reseñable.

Tras cruzar el pasillo entré en la cocina, y efectivamente, la lavadora estaba cerrada y no perdía agua. Se trataba de una lavadora Samsung de tambor de diamante. Al abrir la compuerta circular, la colada estaba seca, y curiosamente blanca. Toda la ropa, la de Cecilia y la de Bruno: pantalones, calcetines, calzoncillos, como teñido por una tinta blanca indeleble, de un tacto áspero. Aproveché para cambiarme de camisa y pantalones, que me quedaban como un guante. Sin embargo, el grifo del fregadero estaba roto, y un fuerte chorro de agua llegaba hasta el suelo. Lo cerré con trapos. Un misterio resuelto.

Al salir por fin a la calle, el sol del mediodía secó mis lágrimas. Me escocía la cara y la camisa picaba. Necesitaba comer algo, reponer fuerzas, quizá dormir un rato, pero una desbordante sensación de derrota me impedía pensar en ello. Inocentes transeúntes preguntaban si necesitaba ayuda.

Y la necesitaba. Este era mi plan: volver a la Biblioteca Nacional y estudiar detenidamente el grabado de Durero. Cotejar su verborrea simbólica e interpretarla a la luz de los últimos acontecimientos, comparándola con los datos que consiguiera recopilar de la vida y obra de Kossovsky, pese a las aceradas advertencias que con respecto a esta disciplina formulaba Benedetto Croce: «El método comparativo es simplemente un método de investigación y, por ello, no puede determinar los límites de un campo de estudio» (Croce, 1998: 32). Cito a Croce por ser hijo de la desgracia y, por tanto, hermano intelectual. Le imagino en Isquia, sobreviviendo al terremoto que destruyó su casa, enterrado bajo los escombros junto a los cadáveres de su madre, su padre y su hermana, padeciendo el mayor de los sufrimientos, y al mismo tiempo, elaborando su apasionada hipótesis del historicismo absoluto. Falla el tema de heredar una obscena fortuna tras la muerte de los progenitores, que te permita dedicar enteramente el resto del tiempo a la investigación, sin dar un palo al agua. Habrá que sobrellevar este pequeño matiz y afrontar con entereza las diferencias vitales con Croce, que no epistemológicas. Para Croce, lo fundamental no es el dominio de un dato, algo vulgar y prescindible, sino la intuición que conduce al verdadero conocimiento, la aprehensión del espíritu.

Ahí voy yo. Ni con un terremoto conseguirán aplacar mi ansia irrefrenable de conocimientos. Alguien —un dios infinitamente cruel— me estaba poniendo a prueba. No pensaba desfallecer. De hecho, comencé a sentir una inexplicable sensación de euforia. Nada ni nadie podía detenerme. Resolvería el enigma.

10

EN LA BIBLIOTECA NACIONAL

Durante el trayecto a pie (la biblioteca no quedaba lejos), repasé los acontecimientos acaecidos en los últimos días, extendiéndolos en un horizonte teórico, esquemático, y observándolos con distancia para apreciar el más mínimo detalle. Quizá eso me ayudaría a desenredar ese turbio asunto. Estaba claro que Kossovsky era algo más que el autor enigmático y escurridizo que me obsesionaba. Con tan solo un par de llamadas telefónicas, aderezadas con un par de SMS, y ya me conocía como mi madre, sabía cuáles eran mis puntos débiles, dónde apretar con el dedo para que sangrase la herida, qué imágenes evocar para que saltasen las lágrimas.

Por alguna razón desconocida no quería entregar su obra. De acuerdo. Puede que no hubiese sido capaz de finalizarla, y por eso rehuía mi presencia. Es posible, incluso, que no hubiera dibujado nada, ni una sola página. Aterrorizado por su imperdonable negligencia, Kossovsky habría huido con Montse a un lugar remoto indeterminado. ¿París, la ciudad del amor? Era una explicación plausible, pero no necesariamente legítima. Joder, Montse, ¿por qué siempre me persigues? ¿Por qué tu recuerdo me embriaga, me tortura? No podía sacar ese culo perfecto de mi cabeza. Aquello era como un albaricoque, o como dos albaricoques, o como un cesto de manzanas reinetas, o... no sé, alguna fruta exótica de las que se compran en la zona Gourmet de El Corte Inglés. Pero claro, yo no era suficiente para ti. No... Yo era poca cosa. Un editor. Un tipo que vive del trabajo de los demás. Sacar rendimiento económico a lo que otros han hecho con el corazón, tiernos amantes de Minerva.

¿Eso era lo que pensabas? Tú preferías un artista, un creador de esos, ¿no? Ahora se les llama así. *Creadores.* Antes los echaba de menos, fíjate, y ahora, gracias a Kossovsky, no los soporto. Viven del cuento. Pandilla de subvencionados, escoria improductiva. Espero que ardan en la plaza del pueblo, zarandeados como peleles por la muchedumbre ultraconservadora, sedienta de sangre. Habría que habilitar juicios sumarísimos populares, como en México. Allí sí que saben hacer las cosas. Grupos de autodefensa que desconfían de las autoridades para frenar el acoso de los supuestamente llamados *artistas*, decidiendo ellos mismos acabar, de una vez por todas, con los privilegios de esas sanguijuelas. Armados con hoces, azadas y rastrillos, iluminados por antorchas (de, al menos, una hora de duración), daríamos caza a esa chusma, para juzgarlos o, mejor, lincharlos como se merecen. Si me hubiera encontrado con un creador de esos por la calle en ese preciso instante, le habría roto el alma a cabezazos.

¿Conocería Kossovsky la aversión que profeso hacia su persona, y debido a ello, y no por otra cosa, me sometió a un acoso constante? ¿Por qué si no emprenderla conmigo? Debía de haber algo más. No, no se trataba de una alucinación, no eran imaginaciones mías, no. Había una lógica en todo esto. Excesivos nexos en común, demasiadas referencias concretas, alusiones precisas, observaciones certeras, cuchillos clavados sobre mi inteligencia cognitiva y emocional. Pero una cosa es conocerme y otra arrancarme las tripas para después devolvérmelas en un plato.

La carta dirigida a Montse. ¿Se trataría de una venganza? Una manera de reírse de mí, de ridiculizarme, poniendo en evidencia su superioridad. Humillándome. Es lo que quería: ¡humillarme! Kossovsky no habría huido a ninguna parte. Estaba presente, cerca, muy cerca, agazapado, oculto como una pérfida sabandija, disfrutando mis desgracias como postres melifluos. Quería jugar conmigo, eso era, restregarme en mi cara que su encharcado universo simbólico incluía el mío y, por tanto, lo superaba. Un acto de supremacía.

Cruzando la Castellana comprendí súbitamente que todos estos días había sido objeto de una intriga malévolamente delicada, urdida con paciencia, me atrevería a añadir. Un complot. Había caído en su trampa, recorrido el tablero y no me había saltado una sola casilla. Kossovsky, el despiadado, el implacable artista uruguayo era mi Dungeon Master. Ahora debía decidir si aceptaba su manual de instrucciones, o confeccionaba el mío propio.

Comencé a subir la empinada escalinata exterior del solemne edificio neoclásico. La Biblioteca Nacional siempre me ha servido de refugio, ese lugar donde el calor de los libros me protegía de la furiosa intemperie a que los salvajes años de mi juventud se veían sometidos. Las figuras de los prohombres del pensamiento español, esculpidas por las encallecidas manos de Alcoverro, protegían la entrada como gorilas de una discoteca ilustrada, persiguiéndome con su torva mirada. Sabían lo que buscaba. Me conocían, y no les gustaba nada.

San Isidoro de Sevilla parecía estar disfrutando de un texto particularmente jugoso, marcando la página del libro para volver a ella en un futuro. Pero justo cuando pasaba delante de él, el autor de las *Etymologiae* fruncía el ceño en un mudo reproche a mi actitud, convencido de que algo chungo se avecinaba. Y tenía razón. San Isidoro sabía perfectamente de qué iba, cuál era mi rollo. Más aún; ahora que considero mis circunstancias con la debida distancia, reconozco como evidente algo obvio: el azar no existe. Si Isidoro de Sevilla estaba defendiendo las escalinatas de la Biblioteca Nacional, ocupando el puesto central del pensamiento patrio junto con Alfonso X, y por consiguiente —sin ningún pudor— me impedía el paso, era por algo, algo que me concernía directamente.

El Libro XVIII de sus *Etimologías* está dedicado al ejército, la guerra y los juegos. Los juegos. ¿Casualidad? Según Gilson, un especialista en filosofía medieval al que empollábamos religiosamente en la uni, san Isidoro «estaba persuadido [...] de que la naturaleza primitiva y la esencia misma de las cosas se reconocen en la etimología de los nombres que las designan». Son los nombres, eso que te quieren robar en el Starbucks, lo que define a las personas, su realidad. De nuevo esta idea recurrente me quemaba la cabeza, y no pude más que recordar a Borges:

> *Si (como el griego afirma en el Cratilo) el nombre es arquetipo de la cosa, en las letras de* rosa *está la rosa y todo el Nilo en la palabra* Nilo.

Debería empezar a investigar, por tanto, lo más simple: su nombre. Kossovsky proviene, como comprobé más tarde, del eslavo *Kos*, que significa «mirlo», un pájaro que vive en bosques de abundantes hojas y coníferas de suelo húmedo o en ciudades, balcones y parques.

Los mirlos de campo son solitarios y huidizos; los de ciudad se acomodan sin problemas al ruido de coches y luces de neón. El comportamiento de muchos mirlos urbanos resulta extraño: los machos no cantan; otros no cuidan de sus polluelos; algunos intentan incubar en invierno. Están despistados, intentando saber quiénes son en un mundo que no entienden. Los mirlos no viven en grupo, andan siempre solitarios, y su territorio está claramente delimitado, nunca más de 0,3 hectáreas. ¿Para qué más? El macho establece su territorio el primer año de vida y no sale de ahí ni en vacaciones. Durante la temporada de anidación un mirlo no soporta la presencia de otros, con la excepción de su pareja, a la que adora hasta el punto de matar por ella. La verdad es que ignoraba de qué manera encauzar esta vía de investigación, a primera vista aleatoria y prescindible. Quizá podría aventurar que el mirlo es un pájaro melancólico, en el sentido renacentista de la palabra.

Gracias a mi carné de investigador tengo acceso directo a los veinte millones de volúmenes que alberga la Biblioteca. No hay documento más preciado. La documentación necesaria para tramitarlo exige aportar credenciales que certifiquen la condición de investigador. En mi caso, los libros editados por Godot fueron suficientes. Sospecho que en el registro bibliográfico de la Biblioteca aparecían varias de mis publicaciones. El carné de identidad me resulta vulgar, con sus colores chillones y brillos horteras, el microchip ese horrible que se cae a la primera de cambio y, honestamente, su franca inutilidad me hastía. Quizá la policía lo encuentre gracioso. Si lo extravías, o te lo dejas en la mesita de noche junto con las llaves y el vaso de agua, te detienen. El carné de conducir no te vale, igualmente, más que para evitar conflictos; el acto de conducir es perfectamente posible sin él. Sin embargo, nadie puede acceder a la biblioteca sin el carné de investigador. Al llegar al final de la escalinata, me encontré con el previsible arco detector de metales CEIA ACR, con dos guardias de seguridad impecablemente uniformados controlando el acceso. Saqué la cartera y entregué el distinguido documento, orgulloso de poder pertenecer al grupo exclusivo de personas que trabajan en tan formidable y respetada institución.

—Usted no es Rubén Ondarra —masculló el más gordo mientras mordisqueaba los restos de lo que fue una vez un Risketo, y clasificaba unas solicitudes de admisión con una grapadora El Casco M-55, fabricada en acero, con capacidad para 150 grapas. En ese instante ignoraba la importancia de su consistencia.

—A ver. Déjame ver... —le respondió el pequeñito, dueño de la bolsa de Risketos, manufacturada por Risi, S. A. Sus deditos amarillos, barnizados de queso, manipulaban mi adorado carné de investigador haciéndolo girar sobre sí mismo, mientras dirigía su mirada hacia las heridas, golpes y rasponazos de mi cara. Me estaba haciendo un Benedetto Croce, es decir, comparaba la foto del carné con los magullados rasgos faciales que tenía delante, buscando equivalencias.

—No se parece en nada, la verdad —concluyó taxativo.

Una bolsa de Risketos proporciona 226 calorías, 13,6 gramos de grasa, 34,1 carbohidratos y 2,4 proteínas. Los productos Risi se elaboran con aceites insaturados y cumplen la normativa de la IFS (International Food Standard), concebida en el año 2002 por distribuidores minoristas de Alemania para establecer un control de calidad y seguridad en los productos alimenticios; en el año 2003 se unieron los distribuidores de Francia, contribuyendo al desarrollo de la cuarta versión, y las asociaciones italianas de distribución, al de la quinta. La fabricación mayoritaria de Risi se realiza en Daganzo de Arriba, municipio del Corredor de Henares en la comarca de Alcalá, al este de la Comunidad de Madrid, con más de 7000 toneladas de producto y 350 millones de bolsitas al año, y muchas de ellas son ingeridas por el personal de seguridad privada de toda España, y no es algo que me desagrade, sino que, por el contrario, se me presenta como irreprochable y perfectamente admisible.

Es sano y bueno que estos dos individuos comiesen Risketos. Lo digo de corazón. No obstante, debo confesar que estar presente en el acto mismo de la ingesta, contemplar a ese hobbit manchego, con deditos regordetes, barba incipiente y pistola en la cintura manoseando mi carné como si se tratase de una carta de la baraja española me produjo, primero, arcadas; y después una profunda sensación de asco y lástima, mezclada con un incontenible deseo de violencia.

Satrústegi definía esa tríada arquetípica (asco, compasión, ferocidad) como *ascopena.* Y juro por mis antepasados que la ascopena más salvaje recorría mi sistema circulatorio mezclada con la sangre, penetrando a borbotones en mi corazón, atiborrándolo de rabia y furia. Me picaba todo el cuerpo por culpa de aquella indumentaria nívea, lechosa. Mi cara evocaba un poema de horror del escritor gótico más aberrante, pero el resto resultaba incólume, inmaculado, impoluto, gracias a las prendas adquiridas en casa de Bruno. Quizá el contraste entre el blanco de la camisa y el negro parduzco de mi semblante lo hacía todo aún más patente, si eso fuera posible.

—Imagino que alguna circunstancia razonable explicará su aspecto, pero, sintiéndolo mucho, no podemos permitirle pasar en estas condiciones. —La cosa iba en serio. El gordo estaba dispuesto a hundirme—. Lávese, aféitese, y ya verá cómo cambia la cosa.

—La higiene es importante, señor Ondarra —comentó jocoso el pequeñito de los Risketos—. Si es usted quien dice ser, cosa que no pongo en duda... ¡Debería ver el carné de algunos tipos!, cuando pasan más de diez años ya no hay quien los reconoz...

Le estrellé la grapadora de la mesa en los dientes, interrumpiéndolo.

Su cuerpo se tambaleó, entre pasmado y aturdido. Pedacitos de sus muelas repiquetearon en el mármol del suelo. El compañero obeso intentó desenfundar el arma, pero antes de que se diera cuenta, le estaba mordiendo la mano y arrancándole el dedo índice, que escupí sobre su compañero. La pistola cayó al suelo. Me preocupaba que los alaridos alertasen al resto de los empleados, así que opté por silenciarlo, pateando su cabeza hasta que dejó de moverse. Pero el pequeñito, mientras tanto, no perdió el tiempo. Se abalanzó sobre mí intentando asfixiarme, cosa que logró en gran medida. Sus manos me apretaban el cuello intentando detener el riego sanguíneo. Mi arteria carótida se hinchaba anormalmente, producto de la presión de sus deditos amarillos. Me revolví como un lagarto, con bastante acierto, porque su cabeza, con el revolcón, chocó contra la columna del arco detector de metales CEIA ACR, que se dobló considerablemente.

Después, nada, ni un movimiento. La sala quedó vacía, y yo rodeado de silencio. Imaginé que ese estado de gracia no duraría siempre, y que si no actuaba rápido, no tardarían en atraparme. Escondí los cuerpos bajo la mesa de control del arco. Resulta insólito porque, francamente, era difícil descubrirlos: había que agacharse para advertir su presencia. ¿Cuánto tiempo tendría?, pensé. ¿Dos horas? Quizá más. Los empleados de seguridad son los encargados de la vigilancia, pero dudo que alguien los vigile. Era posible que no se les echase en falta hasta el siguiente turno. Atravesé el arco con orgullo, y me dirigí, sin oposición alguna, hacia el Salón General de lectura. A veces las cosas no salen como uno pretende, pero, de la misma manera que se tuercen, se enderezan súbitamente.

11

LA RESURRECCIÓN DE UN VIEJO AMIGO

Me senté sin que nadie, repito, nadie advirtiera la aparición en la sala de lectura de un individuo vestido de blanco como un enfermero, con el rostro desfigurado por múltiples heridas en proceso de tumefacción, sangre coagulada de varios días, cojeando ostensiblemente y llorando de risa (no sé por qué, pero no paraba de reírme de una manera absurda). Conviene admitir que los dueños de un carné de investigador investigan de verdad, absortos en sus trabajos hasta el punto de no levantar cabeza. Dios los bendiga muchas veces.

El Salón General de la Biblioteca Nacional es la clásica construcción decimonónica, cubierta por una bóveda acristalada generosa, obra de Francisco Jareño, allá por 1852. No es la Sala de Lectura circular del Bristish Museum, pero impone igualmente. El olor de los libros viejos tranquiliza el ánimo, cosa que me vino bien, porque el grado de excitación en el que me encontraba lo requería, tras la escaramuza truculenta con los guardas jurados de la entrada. Si quería pasar desapercibido, necesitaba calmarme.

Me gusta un sitio donde la información se encuentra físicamente presente, y no en una nube. Sí, efectivamente, soy de la resistencia, prefiero el contacto áspero de la realidad que delegarlo todo en una entidad supraterrena. Ahí están los libros y solo un incendio acabará con ellos.

Cogí el primero que pillé sin leer el título siquiera, con el objeto de disimular y pensar cuál sería el siguiente paso. De una pequeña estantería a mi lado escogí un ejemplar de la Biblioteca de Autores Cristianos (BAC): el *De divinis nominibus* del Pseudo-Dionisio. Siempre me atrajo el *Corpus Aeropagiticum,* no tanto por la velada similitud fónica con el onanismo, sino por lo incómodo que resulta un autor de quien se sospecha todo, hasta el punto de no estar seguros ni tan siquiera de su nombre. Él dice que era discípulo de san Pablo, que asistió al eclipse de sol que siguió a la muerte de Cristo y que estaba sentado muy cerca de la Virgen, durante la crucifixión. Al parecer era colega íntimo de los apóstoles.

El *Corpus* («De la jerarquía celeste», «De la jerarquía eclesiástica», «De los nombres divinos», «Teología Mística» y las diez epístolas) no se publicó hasta el siglo VI, con lo que, o tardó mucho en encontrar un editor serio, o me temo que todo ese rollo de estar en la zona VIP del vía crucis carece de credibilidad. Por eso lo de «pseudo», porque en realidad la gente sospecha un poco de él, aunque se le quiera mucho. Yo también tengo tendencia a la exageración. Se trata de apoyar los textos con un poco de ilusión para hacerlos más jugosos; no hay nada de malo en ello. La gente no lee suficiente teología mística y así nos va como nos va. Recuerdo años de mi adolescencia enganchadísimo a san Juan de la Cruz, Eckhart y Kempis, con su apasionante *Imitación de Cristo* (me duele que la Iglesia católica no haya santificado al bueno de Kempis, considerado tan solo un beato, con lo bien que se portó). Los místicos posteriores dependen en gran medida de la *Teología mística* de Dionisio. Establece la maravillosa vía negativa, según la cual no se nos brinda a los humanos la capacidad de discernir qué es Dios, pero sí lo que no es. El apofatismo frente al catafatismo: Yo sé lo que no sé. Ese es el camino.

A través de la negación más salvaje podemos llegar a un conocimiento verdadero de Dios: ¿Podría servirme el proceso místico como método de investigación? *Subida del Monte Carmelo*, la *Noche oscura*, el *Cántico espiritual* y *Llama de amor viva*. Noche de los sentidos, noche del espíritu. La noche es el proceso de purificación para llegar a recibir el fenómeno de Dios. Sin noche no hay luz. Apagar la luz a los sentidos para descubrir la luz verdadera... «La razón es porque dos contrarios, según nos enseña la filosofía, no pueden caber en un sujeto, y porque las tinieblas, que son las afecciones en las criaturas, y la luz, que es Dios, son contrarios y ninguna semejanza ni conveniencia tienen entre sí. De aquí es que en el alma no se puede asentar la luz de la divina unión si primero no se ahuyentan las afecciones de ella» *(Subida del Monte Carmelo)*.

Dos contrarios no pueden caber en un sujeto... Me temblaron las manos al leer esa frase. Dos personas en una. Si san Juan de la Cruz andaba en lo cierto, Kossovsky se encontraba precisamente detrás de esas palabras. Librándome de mis afecciones y sentimientos hallaría a mi contrario.

—Pero ¿en qué momento ocurrió algo que lo obligó a desaparecer, y por qué? —murmuré para mí, desesperado.

—La solución la tienes delante de ti, pichoncito.

En un primer momento pensé que hablaba mi propia conciencia, un demonio, o quizá el angelote enfurruñado, con pizarra y alitas del grabado que me obsesionaba. Pero la voz provenía del exterior, y me era muy familiar. Levanté la cabeza del libro y lo vi, delante de mis ojos.

Imposible. No, no era real. Murió. Eso decía el periódico. Pensé que me volvía loco. Leer a Dionisio me había sentado fatal: la resurrección de los muertos era uno de sus temas favoritos y aquí estaba yo presenciándolo, a saco. Intenté hacerle caso cuando nos aconseja: «Renuncia a los sentidos, a las operaciones intelectuales, a todo lo sensible e inteligible. Despójate de todas las cosas que son y también de las que no son [...] Porque el libre, absoluto y puro alejamiento de ti mismo y de todas las cosas, arrojándolo todo y del todo, te elevará hasta el divino rayo de tinieblas de la divina Supraesencia».

Una explosión de alegría inundó mi corazón. Si aquello no era un sueño, si lo que estaba presenciando no formaba parte de una perversa alucinación, Satrústegi, el único, me susurraba esas palabras al oído, mientras sus brazos me cubrían los hombros, en un apretón de hermano.

Intenté reprimir las ganas de levantarme y gritar, henchido de gozo. El silencio y la necesidad de evitar un escándalo me detuvieron.

—¿Estás vivo? ¿Cómo es posible? Cuéntamelo todo. ¿Qué haces aquí? ¿Qué está ocurriendo? Todo me supera... —La emoción me impedía reprimir mis sentimientos—. ¡Habla, por favor!

—No puedo explicártelo ahora, todo es demasiado complejo —admitió sin titubeos—. ¿Recuerdas mi debilidad por abandonar las residencias psiquiátricas sin hacer el *check out*? ¿Y por la pirotecnia? Una Nochevieja (harto de brindar con Champín) combiné esas dos ideas y se incendió la planta de aislamiento. Al día siguiente todo el mundo estaba de resaca y me confundieron con el cadáver calcinado de un señor de Burgos. Quizá por eso te llegó la noticia de mi muerte.

Efectivamente, el suceso tuvo repercusión en la prensa local y leí «Juan Carlos Satrústegi» entre la lista de fallecidos. Lloré amargamente su pérdida.

—Lamentablemente, mi madre advirtió las diferencias en el funeral. El señor de Burgos no cabía en el ataúd.

—Vaya por Dios.

—Sí, una pena. Tuve que escapar, como siempre. Me pasé tres años viviendo en una estación de metro abandonada sin salir para nada, pero me ha venido bien porque he conseguido pasar página.

—No sabes cómo me alegro. Ya era hora de que te encerraras y dejases las drogas. —Sonreí comprensivo—. Quizá ahora puedas enderezar tu vida.

—No, no, me refiero a mi poema. He pasado página, voy por la segunda.

Me enseñó el texto legendario: un borrón gigantesco de miles de líneas garabateadas a bolígrafo azul Bic amontonadas como olas sobre la arena de la playa, unas encima de otras, en la primera página de una libreta color naranja. El papel, manoseado, arrugado y agujereado como los manuscritos del mar Muerto, se mantenía en una sola pieza de milagro. Resultaba imposible descifrar el significado de aquellos signos serpenteantes, entrelazados mágicamente. Lo curioso es que la siguiente hoja estaba escrita por fin, y pude leer, en letra minúscula, microscópica, unas pocas palabras: «Recolecta cortezas de cerdo».

—Déjalo, no hay tiempo para eso —murmuró precavido, mirando a un lado y a otro, mientras guardaba su libreta en el bolsillo de su gabardina—. Digamos que me persiguen. La Biblioteca Nacional era el mejor sitio para ocultarse. Nadie está bien de la cabeza; míralos: no se enteran de nada. Están absortos en sus movidas.

—A mí puede que me persigan —confesé—. Digamos igualmente que he tenido un problema con los guardias de seguridad y no deberíamos permanecer demasiado tiempo aquí, por muy seguro que te parezca.

—Me gustas un montón. Mírate, estás monísimo, todo de blanco. —Cariñoso, Satrústegi no dejaba de abrazarme—. Nuestro reino no es de este mundo. ¡Qué buenos ratos pasamos juntos! ¿Te acuerdas en la terapia de grupo, con Jose María, qué risas? ¿Cuando le quitábamos las grapas de la cicatriz de la cabeza para ver qué tenía dentro? ¿Y cómo se llamaba aquella ninfómana, la que se comía las pinturas de cera? Lourdes, sí, hombre, guapísima. ¡Menudas fiestas en su habitación! Era tu cumple. Hicimos un ponche con las cajas de antidepresivos que nos trajo Juanma. Los de Trauma se subían por las paredes, y tú ahí, con Lourdes, dale que te pego, y los bedeles aplaudiendo... ¡Qué felices éramos en Mondragón! Haría lo que fuera por ti. El destino nos ha vuelto a unir, y lo que Dios ha unido, que no lo separe el hombre. ¿No es maravilloso? ¡Ja, ja, ja, ja! Pero antes de abandonar este refugio de paz... —Su semblante mudó un instante, como si hubiera saltado algún tipo de resorte en el interior de su mecanismo neuronal—. ¿Qué es esto? Pero ¿qué te has echado encima, criatura? ¡Dios Santo, este olor me resulta tan... sugerente!

Juan Carlos solía ser una persona especial, con actitudes estrafalarias, habitualmente incomprendidas por la mayoría, pero dignas de una personalidad excéntrica y sensible como la suya. Sus amigos estábamos acostumbrados y, por lo general, aplaudíamos con alborozo cualquier *boutade,* por extraña que resultase en una primera lectura. Sin embargo, tengo que reconocer que ver a Satrústegi lamiéndome la camisa no dejó de sorprenderme. Su lengua recorría los pliegues y avanzaba por mis mangas con auténtica ansiedad. Después frotaba los puños y absorbía el producto resultante como si de un perfume carísimo se tratase. No pude más que apartarme con discreción y pedirle explicaciones.

—Déjame. Es un momento.

Me preocupaba que mordisquease los botones y metiera la lengua en los agujeritos correspondientes.

—Ahora se me pasa.

No era el momento de ahondar en este tipo de actitudes difícilmente justificables, el tiempo apremiaba, y dado que Satrústegi era una persona cabal, pese a los extravíos comunes debidos acaso a la falta de medicación, opté por no darle más importancia y pasar a comentarle lo que realmente acuciaba, a saber, desarrollar un estudio científico sistemático, ordenado, metódico, racional y crítico sobre el asunto que nos ocupaba en, aproximadamente, quince minutos, media hora máximo. Después, lo suyo era salir corriendo, porque la policía no tardaría en acudir en nuestra busca, y dudaba que, por mucho que nos elevásemos hasta el rayo de tinieblas de la divina Supraesencia, nos permitieran irnos de rositas.

12

BUCEANDO EN EL INCONSCIENTE

Cruda estaba la cosa, pero Juan Carlos era bueno con los libros. Le expliqué mi problema de una manera breve: buscaba a una persona (no dije quién) y la clave se encontraba en un grabado de Durero. En principio, un individuo corriente habría puesto en duda la lógica subyacente a esta insólita metodología. Satrústegi, por el contrario, no opuso ninguna queja, abordando la problemática sin pedir más detalles, directamente, sin ambages. No tardamos en dar con el grabado en cuestión —en una edición francamente lujosa—, y eso sin salir de la sala principal, para no levantar sospechas. Extendimos el libro sobre la mesa y Satrústegi lo examinó someramente.

—Practiquemos la asociación libre. Lo primero, acuéstate —me ordenó.

—¿Tú crees? ¿Aquí, delante de todo el mundo? A ver, no se trata de eso...

—Que sí, hombre, que sí, no pasa nada, no te hagas el remolón. ¿No ves que no mira nadie? —me aseguró severo, mientras una señora del fondo no nos quitaba ojo, con una clarísima expresión de reproche, tras sus lentes bifocales.

Al mismo tiempo yo me tumbaba tímidamente, sobre la mesa, boca arriba.

—Ahora te voy a nombrar cada símbolo significativo del grabado y tú debes expresar lo que pase por tu cabeza, según vaya surgiendo, sin restricción alguna, por insignificante o estúpido que te resulte, ¿de acuerdo, pichoncito?

Estaba claro que años de reclusión forzosa en departamentos de salud mental de todo el país habían proporcionado a Juan Carlos un dominio extraordinario de las técnicas psicoanalíticas. O eso, o me estaba tomando el pelo, aunque en ese preciso instante ya daba igual. Había que avanzar y apostar por ello.

—En principio, muchacho, lo que veo aquí, en el centro del grabado, es una señora aburrida con alas...

—El traje es blanco y acartonado... —Lo recordaba perfectamente, no necesitaba verlo—. Está sumida en una profunda melancolía producto de una pérdida irremediable. Ya no sabe quién es, ni qué hacer con el maldito compás con el que dibuja, porque el angelote ese cabronazo que toma apuntes en su pizarra la ha engañado vilmente. Lo del perejil en la cabeza no me sugiere nada, excepto que se lave el pelo.

Satrústegi sonrió encantado.

—¡¡¡Ja, ja, ja!!! Empezamos bien. ¿No te ves? Un traje blanco, acartonado... ¡ERES-TÚ-MISMO!

Mientras hablaba, me abofeteaba con entusiasmo, subrayando cada palabra. Yo me dejaba hacer.

—Estás hablando de tu drama. Estás como ella, confuso, rodeado por un marasmo de conceptos que te aturullan, que te impiden salir de tu encierro y desvelar lo que realmente se oculta tras esa barrera infranqueable de sufrimiento que es tu cabeza.

—Tras el sufrimiento, placer siempre —apostillé automáticamente—, como aseguran David Borsook y Hans Breiter. —Cité a los neurobiólogos de Massachusetts, pero no le impresionó en absoluto, acercándose a mí, inquisitivo.

—¡No te líes! —Bofetada—. No todo tiene un significado, también hay gilipolleces que no conducen a nada. Olvidemos el perejil y centrémonos en la idea de pérdida. Si te digo pérdida, sufrimiento y placer, ¿qué te sugiere? Rápido, sin pensar.

—El culo de Montse.

El sistema junguiano de asociación de palabras me hundía en la más absoluta de las miserias. Me salió sin querer. Con la mirada perdida en el techo, soltaba lo primero que se me venía a la mente, dejando a la vista mis tristes debilidades.

—¿Quién es Montse?

—El amor de mi vida, la sustancia de la que están hechos los sueños, mis apuntes sobre «El espacio en el arte no figurativo», París...

—¿París?

—París, sí, no sé por qué París.

—París es la llave que abre las puertas del misterio.

—París, la llave... La llave que abre el pórtico de los enanos.

—¿Enanos? Eres un pervertido.

—No, no, la llave que abre el apartamento... Del llavero colgaba un muñeco de plástico, un ratón Mickey descolorido y mordisqueado, en su base podía leerse «Disneyland Paris 2008», y también llevaba una plaquita metálica con las iniciales HTH.

—Ahí hay algo, muchacho. —Satrústegi se incorporó victorioso—. Cinco minutos y ya sabemos cuál es nuestro destino.

—También había una vaca-mechero.

—La vaca, olvídala.

—¿Vamos a ir a Eurodisney?

—¡Por supuesto que sí, pequeña niña traviesa! —Su rostro, iluminado por un rayo de luz, volvió a sumergirse en los pliegues de mi camisa, para incorporarse tiznado de blanco—. La llave es la clave, ¿entiendes? Llave-clave. La clave de este asunto es Mickey, que se refiere a París, es decir: Eurodisney. Por alguna razón, algo ocurrió allí, en 2008 (relacionado con tu amada Montse): algo que destrozó tu vida.

—¿Tú crees? No parece que una cosa se deduzca necesariamente de la otra. ¿Y esas iniciales?

—¡Silencio!

Satrústegi volvió a cruzarme la cara de una sonora bofetada, pero ahora disfrutando, cogiendo distancia, buscando el efecto operístico. Había algo de teatral en la situación... Y tanto, porque cada vez teníamos más público. Varias personas seguían abiertamente nuestra conversación, y la señora de los bifocales se levantó airada, abandonando la sala. Imagino que iría a buscar a los de seguridad. Dudo que los encontrase.

—¿Qué pasa? Que los de la Escuela de Zúrich eran unos cretinos, ¿no? Ahora te ríes de los de Zúrich.

Me hubiera encantado contradecirle, aunque tampoco era capaz porque no me sonaba de nada la Escuela de Zúrich.

—Montse-París-Mickey-Eurodisney. Eso va a misa. Ahora vamos a seguir uniendo piezas. Tenemos «dónde». Nos falta «qué» y «quién». Luego, ya, con tiempo, pensaremos «por qué»: eso es lo más peliagudo.

—Vale, vale, pero procura no pegarme. Lo digo porque ya tengo bastante mala cara, y...

—¡Calla! Aquí no hemos venido a perder el tiempo.

—Continuemos. —Intentaba resolver esto lo antes posible, sin ofenderlo.

—Un perro raquítico —me dijo.

—Tristeza o asco —respondí de inmediato—. Un portero encerrado en su minúsculo despacho, Jonás engullido por la ballena, Benedetto Croce enterrado bajo los escombros... Por cierto, el pueblecito costero que se ve al fondo, en el grabado, podría ser Isquia.

—Sí, claro, porque tú lo digas.

—Panofsky le da mucha importancia.

—¿Panofsky? Suena a travesti. ¿Quién es? ¿El tipo al que buscas?

—No, un historiador de arte alemán, pero ahora que lo comentas, el nombre se parece bastante.

—Es importante, entonces.

—¿Panofsky?

—No, el perro raquítico. —Era evidente que estaba intentando liarme—. Pasemos a otra cosa: la piedra esa aborto, gigante.

—Es un romboedro truncado —le solté rápidamente.

—Cojonudo, pero ¿a qué te remite?

—A los dados de un juego de rol.

—¿Tú eres tonto, muchacho?

—De acuerdo, si lo prefieres, me remite a un nuevo concepto de libertad basado en una geometría polivalente que destrona, por fin, la encasillada realidad hexaédrica, propia del Monopoly, farsa capitalista por excelencia; la Oca, entretenimiento determinista y castrador característico de griegos y cretenses; o el Cluedo, ese juego en el que hay que descubrir al asesino.

—No te me hagas el listillo. —Bofetada—. Que así no vamos a ninguna parte. Crees que alguien está jugando contigo, que todo esto es una maquinación para volverte loco, ¿no es así?

—Exactamente.

—Sobre la superficie de la piedra parece haber dibujado un rostro humano.

—¡Es él, es el culpable! Creo que hay un asesino metido en todo este asunto, como en el Cluedo.

—Si es un asesino, piénsatelo, porque ahora que me fijo, no es un dibujo, es un reflejo —sentenció mirándome fijamente.

Eso no me lo esperaba. La mirada de Satrústegi se ensombreció, como una echadora de cartas que descubre en el tarot algo que no debía. Una nube de tormenta cubrió súbitamente el acristalamiento superior de la sala.

—El cuadrado mágico también parece un juego diabólico —comentó Satrústegi sibilino, cambiando de tema.

—A mí me recuerda un sudoku.

—Todos los lados, filas y columnas suman la cifra cabalística 34...

—Y las diagonales, los cuatro números centrales, los dos números centrales de las filas de los lados, los números de las esquinas, y muchas combinaciones más.

—¿Qué te sugiere el número 34?

—Los carbohidratos de una bolsa de Risketos.

—Insisto, no todo tiene por qué ser malditamente algo. La cosa es comprobar cómo reacciona tu mente a los estímulos que tú mismo has escogido como relevantes. ¿La torre?

—Es una casa inacabada, dicen. O a punto de acabarse —maticé—. Con una escalera, que ahora sería un ascensor.

—Ahí te he visto, muchacho. Vas sacando la mierda que llevas dentro. Te molesta que diga que es una torre, y afirmas que es una casa para evitarlo. Un clásico mecanismo de defensa negativo.

A punto estuve de estamparle el volumen lujoso de los grabados de Durero en la cara. Estaba loco si pensaba que por esta patraña psicoanalítica de pacotilla yo me iba a desplazar a París. Lo arbitrario de sus argumentos comenzaba a irritarme. Una torre o una casa, ¿qué más daba? Panofsky siempre dijo que era una casa. ¿Y qué pasaba con el resto de símbolos? ¿Y el reloj? ¿Y los instrumentos de carpintería, o el resto de cuerpos geométricos? ¿Por qué no me preguntaba por todo? En cualquier caso, no estábamos basando nuestra investigación en la interpretación que Kossovsky hiciera de este grabado (como yo pretendía en un principio), sino en la manera en que mi maltratado inconsciente reestructuraba cada imagen, a toda prisa y de cualquier manera. Se me estaba yendo de las manos.

—Hemos estado dando vueltas, pero ahora hay que meterse en el meollo del asunto. Vamos a ello: el angelote regordete, con su pizarrita. ¿Quién es?

—El que me ha destrozado la vida —solté del tirón, cabreado y hastiado por sus preguntas ridículas—, un escritorzuelo que me vigila apuntando todo lo que digo y hago, para robármelo después. Yo pienso, él copia. Ese enano se forra, subido en su rueda perfecta, mientras yo sufro con mi perejil en la cabeza, aterrado por llegar a fin de mes, y convencido de que hoy será mi último día en la tierra.

—Muy bien. Ya tenemos otra pista. Sabes perfectamente de quién se trata, pero todavía no estás preparado para reconocerlo a nivel consciente. Sí, lo que pasó fue terrible, y tú no te sientes muy orgulloso de ello.

Menudo descubrimiento. Yo nunca me he sentido orgulloso de nada. Satrústegi divagaba, y encima me llamaba *pichoncito*. Volvió a pegarle un par de lametones a las mangas de mi camisa. Luego me pellizcó el lóbulo de la oreja.

—Ese angelote existe. Hay que buscarlo y encontrarlo antes de que lo hagan los demás.

—¿Los demás? ¿Quiénes son los demás?

—Los demás. ¡Yo qué sé, es una figura retórica! Los que nos persiguen, ¿qué más da? A mí me persiguen desde que tenía ocho años.

Volvió a ponerse serio y me soltó un sopapo contundente, con la mano bien abierta. Utilizaba los tortazos a modo de herramienta gramatical. Cuando el diálogo requería un punto y aparte, ¡zas!, bofetón.

—Céntrate, que te veo despistado. Ese angelote maldito está oculto, ¿entiendes? O..., espera, espera, quizá tú mismo lo has escondido, no lo sé todavía, por eso enloqueces y sufres. Escúchame una cosa: ese individuo fue, efectivamente, el culpable de todo. Creo adivinar dónde está, pero de poco te va a servir, porque de lo que no cabe duda es de que está muerto, y lo peor de todo: tú lo has matado.

13

RUMBO A LO DESCONOCIDO

Se oyeron gritos, carreras. Sabíamos que la policía llegaría de un momento a otro, como suele decirse. El problema es que ese momento había llegado. Era precisamente «el» momento: un grupo no inferior a una docena de agentes uniformados del Cuerpo Nacional de Policía hacía acto de presencia en el Salón General de lectura, tirando la puerta abajo, sin necesidad (estaba abierta), pero con una gran eficacia teatral, ya que consiguió acojonarme muchísimo.

Satrústegi, sin embargo, no figuraba en el grupo de personas que se dejan impresionar con facilidad. Giró sobre sí mismo escaneando el terreno, invirtiendo toda su capacidad intelectiva en el proceso de análisis de la situación, decantándose por la opción más económica a una velocidad prodigiosa y rechazando el resto de alternativas, tras haberlas sometido a una serie de pruebas teóricas virtuales verificadas mentalmente, en cuestión de segundos.

Con un ágil movimiento de cadera, Juan Carlos atrapó a la anciana de las lentes bifocales. Si no hubiera vuelto, nada habría pasado; y os aseguro que así hubiera preferido que se desarrollasen los acontecimientos, lo digo con total franqueza; pero la muy zorra quería regodearse y saborear su triunfo; contemplar cómo nos llevaban esposados y volvía a reinar la calma y el silencio en la biblioteca, gracias a la esforzada entrega de las Fuerzas de Seguridad del Estado. Pues bien, eso no ocurrió. Muy por el contrario, Juan Carlos avanzó hacia ella, le agarró la cara con fuerza e introdujo la mano en su boca. La policía se detuvo al instante, sobrecogida por un proceder tan inesperado. Presencié con mis propios ojos cómo le arrancaba la dentadura postiza, que arrojó al suelo, entre las botas de los policías. Todas las armas apuntaban a su cabeza, pero Satrústegi era dueño de la situación.

—Deme su pistola —le dijo al policía que tenía a su lado—, deme su pistola o le saco el corazón.

Satrústegi volvió a meter la mano en la garganta de la vieja, pero esta vez hasta la altura del codo, o sea, el antebrazo completo. Los ojos de la anciana se hincharon como pelotas de pimpón, y los agentes observaban el fenómeno sin moverse un milímetro, estupefactos.

—Siento su corazón en mi mano abierta. Noto cómo late, ¿quiere que cierre el puño?

El policía más cercano temblaba de pánico al ver la mirada de Satrústegi, inyectada en sangre. El muchacho se adelantó un paso y soltó la pistola. Juan Carlos la recogió con la otra mano, obligando a la anciana a arrodillarse, mientras la pobre agitaba sus bracitos en el aire, indefensa. Se meaba encima, la desgraciada, dejando un charco bajo sus rodillas, pero Satrústegi continuaba penetrando con su brazo a la desdichada mujer hasta la base misma del estómago: la manejaba como si fuese un Muppet.

—¡Todos al suelo! ¡Al suelo!

Los agentes de Policía hicieron lo que se les ordenaba de inmediato, soltando sus armas. Pocas veces había tenido la oportunidad de ver a tanta gente muerta de miedo por la presencia de una sola persona, pero la imagen que nos regalaba Juan Carlos bien merecía un aplauso. Se me ocurre mejorarla si hubiese levantado en el aire a la vieja y la hubiera exhibido como un trofeo de parque temático, un peluche gigante ganado en una tómbola.

Aprovechamos este *impasse* para salir corriendo. Satrústegi pensó que podía ser buena idea aullar como monos enjaulados, y así lo hicimos, mientras pisábamos manos, pies y cabezas, huyendo del lugar del crimen. Dos o tres entusiastas osaron interponerse en nuestro camino, pero Juan Carlos no tenía tiempo de atender a nadie. Recuerdo sus cuerpos volando, rebotando contra la pared y el ruido de sus huesos al quebrarse (como cuando pisas una bolsa de Risketos), pero no puedo imaginar el procedimiento utilizado por mi sorprendente amigo para generar tamaño impulso; lo que sí puedo afirmar es que no se detuvo, avanzando por los pasillos como el demonio de Tasmania (con un cociente de fuerza de mordida de 181). Digamos que los arrolló, que la fuerza centrífuga producida por el movimiento histérico de brazos y piernas provocaba —siguiendo la Escala Fujita Mejorada— un tornado de nivel 5, o un T10 en la escala de Terence Meaden.

Bajamos las escalinatas a trompicones, y san Isidoro me miró fatal (merecía su desprecio), pero no presté demasiada atención a las indirectas del santo sevillano; reía como una hiena, me tropezaba y caía sin detenerme; Satrústegi, rebotando contra coches y peatones, proyectaba una serie de alaridos dignos de un animal salvaje: un marsupial en estado de celo, en estado de trance o en mal estado, sencillamente. Le veía dando brincos ridículos, moviendo el culo de un modo procaz e insolente, emulando las maneras del bastardo indómito creado por el gran dibujante japonés Yoshito Usui: Shinnosuke Nohara. Recordaba todo aquello a una especie de ritual de apareamiento, un cortejo sexual en el que el macho busca asustar a las hembras y avergonzar a los hombres.

Anarquista soez, provocador nato, Juan Carlos

elevaba el ridículo a la categoría de arte. Con una sonrisa extrema, excesiva, procurando exponer sus encías a la vista de todos, desfigurando su rostro hasta convertirlo en una máscara griega, Satrústegi, retador, ofensivo, se aproximaba al cristal delantero de los vehículos detenidos frente al paso de cebra de la Castellana esquina con Hermosilla, desafiando a los conductores. Yo no podía más que imitarlo, ¿qué iba a hacer? Repetía sus gestos y pasos de baile como si aquello se tratase de una estudiada coreografía, un ditirambo patético protagonizado por dos enajenados. Juan Carlos decidió, halagado por la atención del público, arrancarse los pantalones, y agitarlos a modo de bandera. Yo hice lo mismo, y lancé los míos sobre un Skoda Fabia RS 2000 Hatchback de cinco puertas. De pronto, Juan Carlos se cabreó.

—¿Qué haces, insensato? —me gritó airado. Saltó sobre el capó del coche y recuperó el pantalón, no sin antes hundir su cara en la pernera un par de veces—. Póntelo, no hagas el tonto.

Obedecí inmediatamente. No iba a ser yo quien buscase el enfrentamiento. Nuestra amistad se fundamentaba en el respeto mutuo. Es difícil mantener una relación si no se toleran los cambios bruscos de humor, tan habituales entre artistas y almas de temperamento sensible como las nuestras.

El sol recortaba su perfil frente al cielo azul y dibujaba la silueta de una figura negra de cerámica griega. Juan Carlos me estremecía, conmovido por el espectáculo que nos brindaba el despliegue de su voluntad arrolladora. Delante de nuestros ojos, Dioniso redivivo bailaba al son del aulós, encaramado a un Wolkswagen Golf TDI 105. Nadie se atrevía a mover un solo dedo.

El loco (como el santo o el iluminado) genera respeto y estupor entre los iletrados, indoctos e ignorantes. El bosque de coches era su proscenio, y yo bailaba en la *orchestra,* como corifeo. El tema era evidente: El resurgir de los antiguos dioses frente a la decadencia del espíritu moderno. Como Orestes en *Las coéforas* de Esquilo, o Penteo en *Las bacantes* de Eurípides, Satrústegi, con su baile frenético, destrozaba las barreras de lo racional para desbordar un mar de ilusión, distorsión y demencia, que, paradójicamente, terminaba digerido, en última instancia, por la acidia general de la plebe. Como leí una vez, y ahora corroboraba a través de la experiencia, «la tragedia, a través de la leyenda y la emoción, crea una farsa, en la que el farsante es más honesto que el honrado, y la mentira más seria que lo auténtico».

Aburridos de nuestra propia osadía, y del escaso efecto que esta producía en la burguesía media que sustenta los negocios de esa parte de la ciudad, resolvimos abandonarla, satisfechos por nuestros triunfos. Nadie nos buscó, cosa que llegó a entristecernos porque el momento que vivimos fue tan intenso que repetirlo bien hubiera valido la pena. Días más tarde tuvimos la ocasión de saciar nuestros deseos de ser perseguidos, a Dios pongo por testigo, pero esa tarde un manto invisible nos protegía del exterior, bendecidos por la diosa Fortuna. No puedo dejar de sonreír al rememorar ese dulce paseo por mi querido Madrid, acompañado de mi entrañable amigo rapsoda. Juan Carlos, risueño, mostrando con alborozo sus calzoncillos, saludaba a los viandantes como si los conociera de toda la vida, mientras lanzaba piropos a las mujeres. ¡Qué maravilla ver ruborizarse a las jovencitas, e incluso vomitar, al escuchar sus versos!

El sol de la tarde calentaba las pantorrillas de mi admirado colega, y su atractivo, justo es reconocerlo, no pasaba desapercibido entre las señoritas que se cruzaban en nuestro trayecto. Juan Carlos, siempre tan considerado, regalaba a las interesadas un beso que se perdía en el aire. Un par de veces, eso sí, intentó dirigirlo personalmente, recibiendo una andanada de bofetadas mientras su lengua se revolvía furiosa, como pescado fuera del agua, procurando acceder a la garganta de las afectadas. Y fue en ese preciso instante cuando, ensimismado por la belleza del dorado atardecer y lo romántico de la escena, resolví un dilema. La confusión y desesperanza ensombrecían el recuerdo de los días pasados. Mi alma, sobrecargada de información, se había debatido en una lucha agotadora, y los resultados no pudieron ser más estériles. La resurrección de Satrústegi, el joven titán, encadenado por Hefesto, Bía y Kratos en docenas de psiquiátricos a causa de su desmedida soberbia, sufrió el castigo que merecen los que desafían a los dioses; su hígado fue devorado por El Águila, por San Miguel, por Cruzcampo. Y como era inmortal, cada mañana, tras la resaca, el hígado surgía de nuevo en su vientre, dispuesto a ser engullido una y otra vez por las bestias de las peores tabernas. Quién sabe si Heracles consiguió liberarlo, pero en ese momento bailaba a mi lado, y yo mismo, gracias a su sabiduría y comprensión, caminaba entre los mortales con orgullo. Juan Carlos conocía mi destino, como el de todos los hombres, mas no quiso revelarlo. La profecía estaba escrita en su corazón, pero yo debía leerla en el mío.

¿Cómo averiguar las terribles conclusiones a las que Juan Carlos había llegado? ¿Por qué no se atrevía a compartirlas conmigo? No se atrevía ahora (perruno), pero cambiaría de idea en un futuro no muy lejano. Debía permanecer junto a él, hacerle ver que éramos almas gemelas, que lo nuestro era como lo de Butch Cassidy y Sundance Kid, Bonny and Clyde, o por lo menos, Abott y Costello. Con el tiempo se ablandaría y me lo confesaría todo.

Pero no, no, me engañaba. Ahí no se hallaba la esencia de su estrategia. No. Juan Carlos pretendía que fuera yo mismo, sin su ayuda, quien alcanzase la verdad, desenterrando mi propio cadáver, sacando lo que hay muerto en mi interior y mirándolo a la cara, frente a frente. Entonces, y solo entonces, descubriría a Kossovsky, porque, después de la sesión psicoanalítica de la biblioteca, no podía negar que *Melencolia I* era una puerta abierta a la zona crepuscular tras la que (al igual que los porteros) el uruguayo se encubría pérfidamente.

Existe una trama, digamos, una historia racional, sensata, que cubre la realidad como una moqueta, proporcionándole un confortable aspecto. Bajo esa moqueta, sin embargo, se asientan el polvo, los ácaros, desperdicios de comida, fragmentos arrancados de las uñas de los pies, cucarachas. Ahí también, bajo la moqueta, la verdad, asustada y frágil, se cobija. Como si pudiera ver la vida desde un helicóptero, Satrústegi distinguía los auténticos fenómenos bajo la selva impenetrable de apariencias que los envuelven.

Emprendió entonces la encomiable labor de arrancar el manto de vegetación que cubre la estructura gramatical de la realidad. Surgían, a la vista, pirámides mayas, templos arcanos, observatorios ocultos por la espesura. Las raíces de los árboles gigantes se enredaban en los conceptos hasta hacerlos desaparecer, ininteligibles; sin embargo, si establecíamos una distancia (podríamos llamar a este proceso, siguiendo a Lévi-Strauss, *pensamiento salvaje*), es decir, si conseguíamos separar los símbolos de su contexto, podríamos llegar a aprehenderlos. Según este análisis estructural, la red inconsciente que subyace a la selva de fenómenos conscientes resulta accesible siempre que los elementos sean abordados no como se nos hacen presentes, sino desde la perspectiva exclusiva de sus relaciones.

Y de pronto, los vi. Delante de mí. Enormes. Incontestables. Satrústegi bailaba a su alrededor, feliz por el hallazgo.

—¡Míralas, míralas! —gritaba extasiado—. ¿Qué te dicen?, ¿eh? ¿Qué te dicen?

Dos enormes cabezas negras de bebé. Ahí, en medio de la acera, frente a la estación. Dos cabezas de recién nacido forjadas en hierro, de unos tres metros de alto.

Brutales. Sin cuello, como pelotas de playa, cabezas de muñeca Famosa gigantes, arrancadas de sus cuerpos por los crueles niños-dioses del Olimpo. El *Día* y la *Noche*. Antonio López asegura que se trata de su nieta, pero yo creo que detrás se esconde algo más siniestro. Una parece asustada, con los ojos muy abiertos, casi petrificada por el espanto. La otra está muerta. La cabeza decapitada de una niña justo antes de su muerte, y un segundo más tarde, ya sin vida.

Hace unos días, la colosal efigie de Ramón y Cajal

me abrió la caja roja, el nivel básico de este juego infernal. Ahora pasaba al experto, el segundo nivel de iniciación: la caja azul. No pude reprimir una sincera carcajada. Me detuve un instante, pálido de emoción. ¡Era posible establecer un criterio predictivo! Una cabeza blanca de anciano. Dos cabezas negras de bebés...

—Tres cabezas azules de hombres maduros —grité emocionado—. ¡Esa es la pista siguiente!

—Muy bueno, muchacho —subrayó Satrústegi—. Tenemos que encontrarlas. Seguro que están en alguna parte. Una escultura con tres cabezas... No es imposible. Tenemos la obra de Zhang Huan, por ejemplo. Las exposiciones son itinerantes. Espera, a ver que recuerde. —Su mano acariciaba el rostro gigante de la niña con los ojos cerrados, mimándola—. Recuerdo la de Florencia, en 2013. «Tres cabezas, seis brazos», se titulaba. También pasó por San Francisco y Hong Kong. Puede que ahora se encuentre en París. Sería magnífico, ¿verdad, querido? Ahora, azules no son. ¿Por qué azules?

— Ya, sí, vale, el color se me escapa. En el Dungeon, la tercera caja es negra. Por lo tanto, o me he saltado algo... ¡Bueno!, ¿no decías que todo no tiene por qué encajar a la perfección? Mis cabezas son una blanca y dos negras. Las cajas del Dungeon son roja, azul y negra. Por lo tanto, las siguientes deberían ser azules.

—Claro, hay que buscar tres pitufos decapitados, de unos cuarenta años. ¿Es eso, no? Fácil.

—Juan Carlos, si quieres reducirlo todo al absurdo, de acuerdo, pero...

Me interrumpió bruscamente:

—¡Necio arrogante! —Se acercó tanto que notaba el impacto de su saliva sobre mi nariz—. Si no sabes diferenciar cuándo te estoy tomando el pelo del momento en que tengo a bien compartir contigo una verdad trascendental, es mejor que nos separemos. ¿Cómo te atreves a pronunciar la palabra *absurdo* dentro de un contexto simbólico referencial? ¿Quién eres tú para asignar una lógica a los procesos intelectivos inconscientes? —Bajó la mirada y, con dignidad, se alejó unos pasos, apoyándose en la otra cabeza, histriónicamente—. Eres un desagradecido. Un tipo vulgar, uno de esos mezquinos que para dormir por la noche necesitan establecer criterios de rigor y seriedad en su discurso. Un cretino que valora lo «serio». Alguien que mira por encima del hombro al «humorista». Me das lástima.

—Discúlpame, Juan Carlos. Lo siento muchísimo. De verdad que aprecio enormemente tu incisivo sentido del humor. Todo ha sido por la palabra *pitufo*. Si no hubieras dicho eso, no te habría perdido el respeto...

—No sé qué tienes en contra de los pitufos, si luego te pirras por los enanos. Antes no eras así. —Pareció calmarse: los desajustes en la administración de ansiolíticos no le sentaban nada bien—. En cualquier caso, la escultura de Zhang Huan es de cobre. Eso sería, siguiendo tu analogía, como el nivel Inmortal, no el Expert. La caja negra, disculpa, era la Master.

Satrústegi volvió a sorprenderme con su inabarcable erudición: sobrepasaba lo imaginable.

—Maestro, entonces —le pregunté humilde—, ¿de qué color es el tercer nivel?

—Basic, rojo. Expert, azul. Companion, azul clarito...

—¿Verde?

—No, no: azul clarito. Master, negro. Inmortal, dorado. Pero confío en que no necesitemos tantos, ¿no te parece? Sería un aburrimiento. Oye, vamos a perder el AVE con tanto colorín.

Cruzamos la acera hacia «Salidas» y bajamos las escaleras mecánicas, con el objetivo de alcanzar las vías del tren. Mientras tanto, Juan Carlos recuperaba su ánimo alegre y desenfadado. No contento con bajarse los calzoncillos y mostrar el culo a las ancianas, aprovechó la ocasión para inaugurar un nuevo tipo de provocación, más dinámica y multimedia. La cosa consistía en hacer el molinillo con su miembro viril, aderezando la exhibición con exclamaciones impertinentes del tipo «Toma», «Mira el avioncito», «Esto no hay quien lo pare» o «Que no os falte de nada».

Yo hubiera deseado hacer lo mismo, más por educación que por otra cosa, pero no lo consideré oportuno; no solo por falta de voluntad, abiertamente quebradiza en estos casos, sino por imposibilidad física. El Todopoderoso no tuvo la deferencia de dotar a mi organismo con una extremidad inferior apta para la ejecución de malabares. No me quejo, Dios me libre, pero tampoco puedo alardear de ello. Siempre me he mantenido, psicológicamente hablando, en un sensato punto medio, en cuanto a apreciación personal se refiere. No me considero ni alto ni bajo; no soy gordo, pero tampoco puedo decir que esté en los huesos precisamente. En definitiva, puede que mi desnudez no provoque carcajadas, pero tampoco arranca aplausos de entusiasmo. Adopté, por tanto, una postura indiferente, esbozando una sonrisa cómplice, sin mayores implicaciones.

El jardín tropical sorprendió a Satrústegi con su opulenta presencia dominando el *hall* principal, diseñado por el ingobernable José Rafael Moneo. Se entusiasmó con las extraordinarias plantas exóticas, humedecidas desde lo alto de la estructura de hierro por el vapor de docenas de aspersores. Observaba el fenómeno fascinado; le intrigaba la contradicción inherente al fenómeno: lluvia en un interior, mal tiempo bajo el techo. Con una extensión de 4000 metros cuadrados, el invernadero contiene más de

7200 plantas de 260 especies. Plataneras, cocoteros, heliconias, palmeras reales cubanas, aves del paraíso, plantas del café, de cacao, palmas botella, todas rodean un hermoso estanque lleno de tortugas. Pocos saben que a estas tortugas las abandonó la gente que, un día, advirtió que ya no podía más con el pobre bicho.

Desde luego, Juan Carlos no lo sabía, aunque eso no lo exima de su responsabilidad. Corrió hacia el pequeño estanque y se introdujo en él, chapoteando como un niño. Bueno, quizá un niño no hubiera aplastado a las tortugas saltando sobre ellas, pero la emoción lo embargaba y no pensaba en las consecuencias de sus actos. Los caparazones estallaban con un sonoro ¡crac! acompañado de llantos infantiles, gritos de madres aterradas, imprecaciones airadas de adultos responsables.

Pese a la controversia generada por esa actitud desafiante —típica en Satrústegi—, nadie osaba interrumpir sus deshonrosas actividades. Las tortugas morían a docenas y la muchedumbre lo contemplaba, inerte. Juan Carlos tenía, por aquel entonces, el pelo largo y revuelto. Su melena le enmarcaba el rostro, como a Cristo; y como a él, lo respetaban. Había algo de mesiánico en Juan Carlos, y él lo sabía. Sí, empecé a creer que su aura carismática no era tan solo una impresión mía, sino que correspondía con lo vivido por otros, un sentimiento compartido por ese público furibundo y entregado, activo y pasivo, estupefacto entre dos movimientos iguales y contrarios; uno de rechazo y otro, inevitable, de fascinación.

Trabazón retrotensa del arco y la lira, que mantenía al poeta firme, atado por fuerzas poderosísimas, antagónicas, enfrentadas, pero siempre iguales y, por tanto, estables. No hay otra explicación para aclarar por qué no fuimos detenidos hasta el control de billetes. «Energías contradictorias que se anulan entre sí», dije en alto, al contemplarlo, y una señora me dio un bolsazo.

En el control de acceso a las vías se nos hicieron presentes dos azafatas y dos guardias de seguridad. A Juan Carlos le tocaron las azafatas, y a mí el resto.

—Disculpe. Billetes, por favor —me dijo el más cercano a mí, un tipo fuerte, con la cabeza rapada al cero.

—Buenos días. Mi nombre es Alberto Gómez Bernal, trabajo en el centro de Psiquiatría Dinámica del hospital Gregorio Marañón de Madrid. Juan Carlos Satrústegi es mi paciente. —Señalé a Juan Carlos con la mirada. En ese mismo instante, tocaba el culo a una de las azafatas—. No presenta un cuadro de violencia específico, pueden estar tranquilos, siempre que, claro está, se le trate adecuadamente. Nuestra intención es trasladarlo al hospital psiquiátrico San Juan de Dios, en San Sebastián. Allí nos espera la doctora Edurne Gorostiza, amiga de la familia, que se hará cargo de él, en un entorno adecuado.

—¿Y los billetes?

—De eso precisamente quería hablarle. No nos los han enviado físicamente, pero están en la base de datos. Seguro que aparecemos en alguna parte...

Me acerqué a un ordenador, apostando fuerte. Estas situaciones requieren un actitud resolutiva inmediata. Al parecer, mi indumentaria blanca me había servido para articular el texto dentro de una coyuntura verosímil, pero la puesta en escena exigía un mayor esfuerzo por mi parte.

—Aquí estamos. —Señalé un nombre al azar—. Dos asientos en primera. Pérez.

—¿No se llamaba usted Gómez Bernal? —El muy canalla no se olvidaba.

—Es el nombre del que ha hecho la reserva.

—Lo siento, pero si usted no se llama Pérez, no puede pasar.

—No pretendo asustarle, entiéndame bien, pero este hombre no puede viajar solo. Si sufre un brote psicótico, Dios no lo quiera, las consecuencias son imprevisibles.

—Lo siento, pero no puede pasar.

La situación, de nuevo, se me estaba yendo de las manos. Tenía que pensar algo rápido. Juan Carlos, sin embargo, avanzaba en su negociación con las azafatas. Lejos de sentirse amenazadas, las muchachas se reían visiblemente ante las chanzas del temible burlón. La mujer de los glúteos irreprochables permitía a Satrústegi palpar sus volúmenes con generosidad. Al mismo tiempo, con su otra mano, acariciaba el sedoso cabello de la rubia, bromeando con una tercera acerca del pañuelo reglamentario que le colgaba del cuello, un toque de distinción añadido a la indumentaria oficial diseñada por Jesús del Pozo. Satrústegi lo apartaba con delicadeza, y ninguna parecía incómoda con su atrevimiento. Juan Carlos entendía que la pertinencia del pañuelo era discutible, porque obstaculizaba la visión del escote. Más risas.

—Por favor, apártese, caballero, impide el paso del resto de los viajeros.

—¿Quiere que le enseñe mi carné de investigador?

—¿Cómo?

Juan Carlos atravesaba la barrera de cinta separadora extensible Eco, de Manufacturas Medrano, acompañado de las azafatas. Lo había conseguido. Sus brazos se aferraban con fuerza a la cintura de aquellas odaliscas concupiscentes, guiñándome el ojo por encima del hombro. Maldito. Podía distinguir el movimiento ondulante de sus caderas, avanzando en cámara lenta con una arrogancia insultante, en dirección a los vagones de primera. En medio de aquella cadena inseparable de nalgas prietas, los calzoncillos amarillentos de Satrústegi, el Rasputín de Renfe, destacaban por su inimaginable insolencia, un atrevimiento imposible en estos tiempos de mansedumbre globalizada. Imagino que Jesús del Pozo no aprobaría esos calzoncillos. Todos vivimos de rodillas excepto tú, querido amigo.

Faltaban dos minutos exactos para que el AVE, en dirección a París, partiera de Atocha, y yo me encontraba detenido, paralizado por la infranqueable barrera de mi incompetencia. Era incapaz de cruzar los límites de la ineptitud, saltar por encima de la plasta amorfa y grasienta de mi carácter. Se estaba poniendo a prueba la dureza de los materiales con los que estaba confeccionada mi turbia naturaleza, y las conclusiones resultaban devastadoras. No era más que un muñeco de paja sin fuerza para sostenerme, un trozo de papel sucio y arrugado a merced del viento, o no, todavía peor: un señor de cincuenta años.

«Eres mi camino, eres mi vida, eres mi luz, mi refugio, mi alegría. Eres mi fortaleza, mi guía en esta senda. Y, aunque a veces yo no comprenda por qué tengo que pasar por momentos de prueba y ansiedad, yo sigo confiando con todo mi corazón en ti, porque tú eres y seguirás siendo mi camino.» Las palabras del iluminado Hermes Alberto Carvajal brotaban de mis labios como si las hubiera escrito para ese momento.

Los guardias de seguridad no parecían contrariados por mi presencia. Se limitaban a actuar como autómatas. No era tan extraño. No reunía las condiciones necesarias para dejarme pasar, y no lo hacían. Daba vueltas como un idiota, fingiendo que hablaba por teléfono con alguien muy importante que me resolvería el trámite. Lo jodido es que no tenía móvil, y disimulaba con la palma de la mano.

—Es inadmisible. Sí, les he explicado la situación, pero no hay nada que hacer. Lo sé, el paciente puede sufrir un brote psicótico en el tren, y no podremos atenderlo. Llame al director general, sí, llámelo cuanto antes.

Intentaba que me oyeran, acercándome a ellos lo suficiente, pero manteniendo una distancia creíble para no despertar sospechas. Mi cabeza daba vueltas sin saber qué hacer. Me separaban del tren veinte metros escasos. Si echaba a correr en el mismo instante en que partiera, tendría una posibilidad. Apurar al máximo. Faltaba un minuto para que todo se olvidara, para perder el tren de mi vida, ese tren que te lleva a un mundo con posibilidades, ese tren que te separa de ti mismo, de tu aburrimiento, tu desdicha, y te lleva a un mundo nuevo, fuera de lo que eres. Ese lugar que has soñado, libre de ataduras, compromisos y mentiras está ahí enfrente, delante de ti: solo te aparta de tu destino una cinta separadora extensible Eco de Manufacturas Medrano.

—¿Qué pasa?

—Una señora, que ha pasado un chihuahua por el escáner y ahora no sale.

Los dos encargados de la seguridad se acercaron al aparato. Comenzó a formarse un considerable alboroto; el perro, desde el interior, no cesaba de emitir quejidos ásperos, como si el mecanismo propulsor de las maletas se hubiera enganchado con el trasportín del pobre animal, y le estuviera desmembrando lentamente. La dueña, una anciana británica encantadora de cabello plateado y gabardina color crema, se revolvía en el suelo presa de un ataque de histeria, aumentando el color, la densidad y la magnitud del tumulto. Uno de los encargados levantó la cortina de plástico negra y desapareció en su interior. Los alaridos del chihuahua aumentaron en intensidad, acompañados de sórdidos improperios producto de los esfuerzos del encargado luchando por recuperar algún pedazo de perro adherido a los engranajes del monstruo mecánico.

Y entonces ocurrió. Algo dentro de mí, oscuro y dormido hace tiempo, se despertó y me empujó a saltar la cinta. Algunos lo definirían como valentía, orgullo, amor propio. No estoy acabado, no —pensé—. Seguiré al profeta. Soy su apóstol en la Tierra, su heraldo. Cabalgaré sobre el caballo de hierro. Llegaremos a París, y las puertas se abrirán, mostrándonos sus misterios.

El tren emprendió su viaje. Los vagones se movían lenta e inexorablemente hacia el exterior de la estación. Un escalofrío tremendo me atravesó la columna vertebral, y al mismo tiempo la cabeza me ardía como si me la hubiese lavado con gasolina.

Derribando sin miramientos a un par de adolescentes impúberes, alcancé la puerta del vagón más próximo. El acceso a los vehículos se realiza a través de una plataforma provista de una puerta automática de tipo encajable-deslizante con un paso libre de 1200 mm.

Es interesante precisarlo porque la puerta no encajaba ni se deslizaba. Se mantenía estática, firme, pese a mis esfuerzos por apretar el botón; tanto que parecía pintada. Las piernas comenzaban a fallarme y no aguantaban el ritmo que imprimía la marcha del tren. Los dos adolescentes se levantaron y comenzaron a seguirme. Parecía que ellos también pretendían coger el tren en marcha, pero luego se vio que no: lo que querían era romperme las costillas, armados con sus mochilas.

Las puertas disponen de estribos abatibles de accionamiento neumático de apertura conjugada con la puerta. Ahí metí el pie izquierdo, con la esperanza de sostener mi pesado organismo el tiempo suficiente para poder accionar algún tipo de artilugio que abriese la maldita puerta. Un rostro conocido asomó en ese momento por el cristal que tenía delante.

—¡Ja, ja, ja! ¡Sabía que no te rendirías, muchacho!

De nuevo, un remolino de emoción agitó mi estómago. Satrústegi, el fiero corsario, me sonreía, inmune a las desgracias, al fracaso, a las penurias que someten al resto de la humanidad. Ya no sentía los golpes de las mochilas en mi espalda, ni la fricción producida por las aristas de cemento que rodean los estribos abatibles de accionamiento neumático de apertura en mi pie izquierdo. Solo experimentaba un gozo inmenso, indefinible, la alegría de sentirme vivo, de no tener miedo a nada, de saberme invencible, porque cabalgaba con el más grande, el único, el poeta bárbaro bilbaíno, el indómito Satrústegi.

14

EXTRAÑOS EN UN TREN

No tardé mucho en acostumbrarme al suave tacto de los asientos de polipiel del vagón de primera. ¡Qué descanso, Señor, qué delicioso alivio poder detener, aunque fuera un segundo, ese frenesí imparable! A mi alrededor, solo paz: familias con niños, ejecutivos atareados con sus portátiles, señoras preciosas con collares dorados leyendo el *cuore*, hombres pequeñitos del tamaño de su maleta, charlando amigablemente con el revisor.

Hundí mi cuerpo en el respaldo y cerré los ojos. Satrústegi estaría ocupado —supuse— atendiendo a sus hermosas odaliscas en el bar. «Oh, Dios, que se tome el tiempo que sea necesario», rogaba al Señor. Lo cierto es que no le costó demasiado esfuerzo abrir la puerta y auparme hasta el interior del vagón, para después, sonriendo, conducirme hasta allí. Recuerdo sus reconfortantes palabras de aliento: «Has estado magnífico». Me dio un beso en la frente, unas palmaditas en el hombro y desapareció. ¡Qué experiencia inquietante coger un tren en marcha! No se la deseo a nadie.

Bueno, quizá a Kossovsky. Disfrutaría pueblos viéndole en mi lugar —me decía a mí mismo, malicioso—. Si por tan solo unas horas —eso bastaría— él fuera yo, por favor, y sufriera lo que estoy sufriendo, habría justicia en este mundo. Me revolvía en el sofá de polipiel solo de pensarlo. Me pregunto si el uruguayo lograría superar la ingente cantidad de obstáculos que nos separan como yo lo estoy haciendo —pensaba en ese momento— y si, efectivamente, su ingenio es capaz de descifrar el jeroglífico que resuelvo día a día, en el hipotético caso de que el autor de los enigmas, el Maestro del Calabozo, el director del juego, fuese yo mismo. Permitidme que lo dude —concluí, al fin—. Concededme, amigos, el beneficio de una duda razonable.

El suave movimiento del tren me tranquilizaba. El olor de la moqueta, la película que proyectaban —sin cascos para escucharla—, las risas de los niños... Sí, me estaba durmiendo poco a poco, pero no conseguía hacerlo del todo, a causa de la tremenda excitación a la que me había visto sometido. En un insólito estado de duermevela, lo que me rodeaba se desdibujó lentamente, como una acuarela; los sueños se fundían con los tersos colores y texturas del vagón de primera.

Soñé con Montse. Montse viajaba con nosotros, en el tren, a mi lado. Me observaba mientras dormía, muy de cerca. Su pelo negro, brillante, rozando mi rostro. Sus ojos castaños escrutándome severos. Esa expresión imborrable en su mirada, de eterno reproche; sus labios, carnosos, muy rojos, casi púrpuras, echándome una bronca, pero con susurros, bajito, para no despertarme: «Lo estás haciendo mal, no te esfuerzas lo suficiente, Rubén Ondarra. Eres un vago, un perezoso. No haces lo que tienes que hacer. No profundizas en los problemas lo suficiente, amor, te quedas en la superficie. Para ti la vida es una broma absurda, te ríes de todo, y en realidad lo que ocurre es que no sabes reunir la paciencia necesaria para penetrar en profundidad en las materias que te obsesionan, en las personas y las cosas que conforman tu mundo».

—Billetes, por favor.

Yo tenía un problema con Montse y es que me gustaba que fuera así conmigo. Me excitaba que se enfadase. Follábamos como perros cada vez que nos reconciliábamos tras el subidón de una pelea de horas, a grito pelado. Bueno, a grito pelado ella, porque yo nunca levantaba la voz. No había tiempo, ni ganas, ni espacio sonoro libre para articular una respuesta convincente en medio de la tormenta de tópicos, obviedades y lugares comunes en los que mi paciencia zozobraba todas las noches. La amaba y la odiaba, como decía Celentano. Señor, pido perdón porque me encanta que las mujeres me humillen, sentirme confundido, zarandeado, vapuleado si es preciso. Sobre todo si tienen razón; y siempre la tienen, porque la mujer es, esencialmente, un animal que tiene razón.

—Disculpe, ¿tiene usted su billete?

La polipiel recalentada me hacía sudar, y los labios de Montse taladraban mi oreja con recriminaciones. Ignoro la razón científica, pero en trenes y aviones tiendo a ponerme muy burro, como si las turbulencias y el incesante traqueteo del tren formasen parte de un enorme engranaje sexual oculto, un vibrador gigantesco en el que nos encontramos inmersos, para llegar a nuestro destino emocionalmente alterados. No era la primera vez que Montse hacía esto..., excitarme en un tren.

—Oiga, necesito su billete.

Montse era calva, de pronto. No, no era Montse. Era el revisor. Ese individuo serio, mayor, con olor a puro, a Magno, a dolor de cabeza, a realidad repugnante, era el revisor, y de nuevo, me encontraba en una situación comprometida.

—Lo tiene mi compañero, está en el bar.

—Espero.

—Si no le importa, voy a buscarlo.

—Le acompaño.

—No se moleste, voy yo.

—No es molestia.

—Como quiera.

Me incorporé despacio, para administrar el dolor de lumbago en el mayor lapso de tiempo posible. El asiento negro ahora parecía blanco. Mi camisa desteñía; el sudor la había ablandado, perdiendo su aspecto acartonado. El revisor contempló el fenómeno, imperturbable, y me hizo un gesto con la cabeza para que saliese de allí delante de él: estaba claro que procuraba no perderme de vista.

¿En qué diablos estaba pensando? ¿Por qué no me escondí en los baños, como hace todo el mundo? Era obvio que, tarde o temprano, darían conmigo. Vamos a ver, la estación estaba petada de peña, y aunque de milagro los de seguridad no dieran conmigo gracias al chihuahua, cualquiera podía llamar al tren advirtiendo que un polizonte de cincuenta tacos había conseguido colarse en el vagón de primera, tras arrastrar su triste humanidad treinta metros, colgado de la puerta.

Avanzaba hacia el bar con ese tipo maloliente pisándome los talones. Rostros inocentes contemplándome al pasar. Miradas desconfiadas, recelosas. ¿Qué podía hacer? Seguir avanzando. La puerta de acceso al próximo vagón se abrió automáticamente. Desde el lugar donde me hallaba se distinguía, al fondo del pasillo, la entrada al bar. O se me ocurría algo realmente bueno ya, o estaba perdido. Satrústegi podía no encontrarse allí, y, en el caso de que así fuera, nada me aseguraba que las azafatas me cubriesen las espaldas como lo hicieran con él. Yo no tenía su carisma ni sus dotes de seducción, y no era el momento de disfrutar de una humillación, por mucho que me apeteciera.

No podía llegar hasta allí. Se me cruzó el tipo de los auriculares, con su barba rasurada, perfecta, como dibujada con un rotulador Edding permanente.

—Auriculares...

Los mostraba sonriente. Se veía de lejos que se trataba de una persona orgullosa de su trabajo. Encajaba en el tren, en la vida en general. Daba gusto verlo. Le envidiaba. La felicidad no es cuestión de fortunas ni enamoramientos. La cosa era encajar, sentirse uno bien donde está, sin añorar momentos pasados ni soñar con triunfos futuros. Ese hombre se encontraba en perfecta sincronía con el tren: viajaba a su misma velocidad. Y yo no. Yo iba a la contra, empujado por el revisor maldito.

—Auriculares...

Una posibilidad a tener en cuenta, tan solo eso —pensé—, una posibilidad: ¿y si me giro y le rompo los dientes al revisor de un puñetazo, echando a correr a continuación, hasta llegar al otro extremo del tren, ganando cinco minutos, al menos, para poder establecer un plan más sólido que este? Sí, la idea no estaba mal, refrendada bajo estos mismos términos por un nutrido grupo de personajes ilustres de la historia universal: la famosa «huida hacia delante». No soluciono el problema; pero atención, muchachos, muy importante: lo postergo. Así, gano tiempo para pensar otra cosa. Ahora bien, no podemos negar que el problema se agrava, y la reflexión acerca de las soluciones se complica con cada prórroga. Es un hecho. ¿Me conviene?

Unas botas con refuerzo metálico en las punteras me pusieron la zancadilla. Caí de bruces. Al levantarme, sumé al dolor de lumbago el más reciente de la espinilla, producto de la patada. No hubo manera de administrarlos convenientemente, por lo que no pude reprimir un notable berrido lastimero del que no me siento muy orgulloso. Lo peor fue que, al descubrir al autor de la zancadilla, emití un segundo alarido aún más denigrante. Eran ellas. ¿Qué tipo de trama imposible permitía esa singularidad espacio-temporal?

—Disculpe, los billetes. —Un dedito repiqueteaba en mi hombro: el revisor maldito.

—Ehr.. Sí, sí, ahora estoy con usted. —Procuré no mirarle a la cara, en un patético intento por evitar su existencia.

—No se preocupe, lo ha perdido —respondió la más alta—. Nosotras nos hacemos cargo.

Una mano esculpida en azabache de Asturias extendió una tarjeta American Express Platinum al ser ignominioso.

—Sepan que hay un recargo en estos casos.

—No se preocupe.

El revisor abandonó su actitud desafiante, hipnotizado por la magia del momento. Tras sacar su datáfono y realizar la transacción económica, me proporcionó un billete, desapareciendo sin perderme de vista, envidioso, alucinado por este asombroso punto de giro en mi trayectoria y, creo yo, sin falsas modestias, por la calidad de mis amistades.

Sentadas cómodamente frente a una mesa, las dos amazonas que flanqueaban el apartamento de Bruno Kossovsky me fusilaban directamente con sus ojos enormes. Aplastadas por el respaldo del asiento, sus matas de pelo moreno y rizado les conferían el aspecto de dos felinos feroces.

—Siéntate con nosotras, machote.

—No puedo entender qué hacen ustedes aquí —repuse aturdido.

Es como si estuviera hablando con los leones del Congreso sentados frente a mí. Su cambio de indumentaria me sorprendió, tanto es así que, en otras circunstancias, hubiera pensado que se trataba de mujeres diferentes. Sin embargo, me obligaron a sentarme con ellas de una manera tan expeditiva que no pude evitar fijarme en su, podríamos decir, abrumadora presencia. Vestían un elegante conjunto de falda y chaqueta gris marengo, acompañado de camisa y medias negras. Nada que ver con el atuendo estrambótico de la calle Desengaño. La exuberancia de las curvas, así como el desproporcionado tamaño de cada una de las partes, componían una estructura ósea y muscular prodigiosa, propia de un animal salvaje.

—Te venimos siguiendo desde hace rato, cielo. Tienes algo que nos pertenece.

—¿Quién, yo?

—Eres muy listo, ¿sabes? Registramos el piso y no encontramos nada.

—Pero ¿qué tiene que ver eso conmigo? —pregunté—. Quiero decir, fueron ustedes las que entraron en el apartamento y...

—Sí, fuimos nosotras. Cecilia era nuestra mula ciega.

—Disculpen mi ignorancia. Desconozco el alcance metafórico de la expresión. ¿Mula ciega?

—Qué mono.

—Cariño, algunas veces utilizamos personas inocentes, muy buenas, que nunca despertarían sospechas, para pasar los controles del aeropuerto, ¿entiendes, mi amor?

No movía un solo músculo de mi cuerpo, atenazado por la sobrecogedora violencia de esta salvaje coyuntura. Ni siquiera me atrevía a parpadear delante de las diosas de ébano, por si algo, cualquier insignificancia, las importunaba, y me fulminaban al instante con un relámpago de fuego proveniente de su boca, o su sexo.

—Ella no sabía que llevaba cinco kilos de cocaína en la maleta. Es mucho mejor no saber nada. No tienes que fingir tranquilidad.

—¡Ah! Vaya. Claro. Ella volvía de Colombia, sí, entiendo. ¡Obvio! Y entonces ustedes, eh... Cinc... Coc... —Me empezó a fallar la tarjeta gráfica del cerebro. En sistemas viejos como el mío es muy normal. Debería reiniciarme.

—Nunca se nos hubiera ocurrido mirar en la lavadora, fíjate —aclaró la de la cicatriz en el cuello—. Muy buena idea la de cambiarte de ropa... Dejaste mucha allí dentro, quizá la mayor parte.

—Pero comprenderás que tenemos que recuperar toda nuestra mercancía, incluso la que llevas puesta.

—Ya, claro, por supuesto. Es..., es justo. Quién iba a suponerse que...

—Tú también eres una mula ciega. Ciega y sordomuda, porque tú no lo sabías y nosotras tampoco, hasta hace unas horas.

—Ahora nos vas a acompañar al baño, cielo —ordenó con mesura la más cercana a mí, sacando del bolsito negro una Glock Safe Action 17, 9x19 mm Parabellum, con capacidad para 17 balas—. Allí te vas a quitar la camisa y el pantalón, y luego te vamos a tirar del tren en marcha, para que no te acostumbres a vestirte con drogas que no son tuyas.

—Has sido muy malo.

Al ver la pistola diseñada por Gaston Glock para el ejército austríaco, la parálisis se acrecentó considerablemente. De mi cuerpo solo podía desplazar los globos oculares. Pasaba de la pistola a sus ojos color carmesí; después a la mesa, buscando algo que pudiera servirme para escapar (una revista *QMD* con portada de Paris Hilton, un bocadillo delicioso de jamón serrano con queso camembert tostado, parcialmente mordido acompañado de una Coca-Cola Zero, dos bolsitas de auriculares para escuchar la película), y de ahí regresaba ineludiblemente a su escote, donde podía quedarme horas, apreciando cómo los pezones se marcaban visiblemente en la americana. Si su volumen conseguía atravesar el tejido del sujetador, la camisa y la chaqueta es que la dureza de los materiales que los componían sobrepasaba lo humanamente comprensible. Pezones de acero, de titanio, de electrum.

Sé que no debería haber perdido el tiempo fijándome en estas cosas y poner más atención en lo que tenía delante, concretamente esa pistola que me apuntaba a los genitales, pero el *software* que nos compone viene así de fábrica, y no sé cómo desactivar las extensiones de las preferencias en el disco duro. Hay algo genético que no controlo y, de manera insoslayable, me empuja a la perdición.

—¿A qué esperas?

Casi prefería al revisor. Me levanté poco a poco, no tanto por el lumbago como por la certeza de encontrarme en un callejón sin salida. Esas mujeres parecían dispuestas a matarme, y el hecho de que me desnudara y les hiciera entrega de mis valiosas prendas no iba a resolver el asunto. ¿Cómo pensaban tirarme del tren? Si se abren las puertas en el AVE, el tren se detiene. Esto no es un ferrocarril del Oeste. ¿Poseerían algún tipo de llave maestra? ¿Algún truco bajo la manga? Seguro que sí, Dios mío. No parecía conveniente esperar para comprobarlo.

La puerta del vagón se abrió automáticamente y pasamos al siguiente. El bar del AVE estaba lleno de viajeros hambrientos, con sus deliciosos bocadillos tostados (¿cómo podía tener hambre en esas circunstancias?) y sus cervezas frías, gozando de una animada charla, o *wassapeando* sin freno, armados con sus móviles de última generación. Como dice Valentí Puig en *La Vanguardia*: «Casi todo está allí: los cambios de costumbres, el deterioro de las formas, la crisis del sistema educativo, los nuevos ricos de clase media baja, la élite cognitiva del mundo informático, el poso democrático, el turismo de mochila y un álbum fisiognómico de la nueva picaresca.

Se piden donuts, Coca-Cola Light, botellines de Scotch».

De lo que estoy convencido es de que en el álbum fisiognómico anteriormente citado no figuran las dos negras brutales que me encañonaban la espalda con una pistola provista de armazón de polímero sintético avanzado, buscando un baño en el cual poder desnudarme con parsimonia. Solo el camarero advirtió su presencia; la Glock pasó desapercibida. Los abultados pliegues de las chaquetas grises marengo consiguieron puntualmente desviar su atención, y yo no me encontraba en una posición favorable para andar pidiendo ayuda. La punta metálica del arma (tratada termoquímicamente con nitrocarburación ferrítica) se me clavaba en las costillas, impidiendo cualquier movimiento.

Delante de mí, la puerta del baño. Golpes entrecortados en el interior.

—¿Sois todas así de cerdas, en Renfe? —se escuchaba dentro.

La violencia de la frase me sacó de cuajo del estado de parálisis. Era Satrústegi, obviamente. Gemidos. Golpes rítmicos. A la derecha, un señor pequeño con un tabardito color crema y maleta metálica Rimowa esperando su turno. Me mira. Lo miro. Escruta, en un instante, de arriba abajo, a la pareja de color que me acompaña.

—¿Quién es? ¿Es amigo tuyo?

—¿Este? No lo conozco de nada —respondí mirando al señor del tabardito, que advirtió nuestro comentario, impasible.

—No, me refiero al de dentro.

—El de los calzoncillos y las azafatas.

—¡Tírame del pelo!—gritó una de las ménades desquiciadas al otro lado de la puerta—. ¡Más fuerte! ¡Arráncamelo!

—Vamos a otro baño. Esto tiene pinta de durar bastante —comentó la de la cicatriz, incómoda.

El señor de la Rimowa nos atravesó de nuevo con la mirada. Agraviado, indignado, ofendido, abandonó la espera, girando con su maleta 180 grados. Nos quedamos dramáticamente solos. Golpes rítmicos: pum, pum, pum.

Juan Carlos reproducía artificialmente en el baño del AVE las añoradas fiestas de aquellos años salvajes con Lourdes y sus amigas ninfómanas de Mondragón, el lobotomizado Jose María y Juanma, el de los antidepresivos. Qué envidia, Satrústegi. Tú ahí, al otro lado de la puerta, como en los viejos tiempos, y yo aquí fuera, encañonado por esta macabra versión de Hernández y Fernández.

—Señoritas, la verdad es que no necesito baño —exclamé sincero—. Yo me puedo quitar la ropa aquí mismo, de verdad. No soy vergonzoso. Miren: me desabrocho la camisa con cuidado de no perder nada... ¿Ven qué bien? Y ahora el pantalón...

—Para para: tiene que ser en un baño.

—Aquí no nos sirve.

—¿Por qué? No entiendo —objeté temiendo lo peor.

Las dos africanas se miraron entre sí. Pude adivinar una pincelada de lástima en aquellos ojos enormes, sanguíneos, mortales. Como dije antes, resulta imposible tirarme del tren en un AVE. La idea era pegarme cuatro tiros en el baño, abandonar allí mismo mi cuerpo y bloquear la puerta de alguna manera. Mis ojos también comenzaron a humedecerse paulatinamente.

—Señoritas, por favor. No pienso decir nada a nadie. No hay necesidad. ¡Jamás volverán a verme, se lo juro!

Gemido, gemido. Grito. Golpe, golpe.

—Cariño, compréndelo. Trabajamos para unos señores muy malos que no entenderían por qué te hemos dejado escapar.

—Tienes que ser bueno y dejarte hacer. No querrás montar un escándalo.

—No, por supuesto que no. Nada más lejos de mi intención.

—Mira qué discreto es tu amigo.

—Sí, sí, es verdad —contesté llorando—. Juan Carlos siempre ha sabido comportarse con cortesía en las situaciones más comprometidas. Es un caballero.

—¿Tú también quieres, envidiosa? —Le escuchamos a Satrústegi detrás de la puerta—. ¡Agacha la cabeza!

Grito, gemido, pum, pum, pum.

Abandonamos el vagón y pasamos al siguiente, decididos a encontrar un lugar menos concurrido para introducir en mi cuerpo cuatro o cinco balas de 9 mm Parabellum, el calibre estándar para pistolas, típicas en la OTAN. Diseñado por George Luger en 1902, ha resultado un calibre de gran éxito a la hora de acabar con la gente. ¡Todo un siglo perfeccionándose para matar mejor!

Al principio el corazón solo era de plomo (qué poético), pero después se buscó algo más dañino, plomo encamisado en hierro o cuproníquel, la famosa chaqueta metálica *(full metal jacket)* con forma cónica truncada de 8 gramos. Después de la Primera Guerra Mundial, los países implicados quedaron encantados con su penetrabilidad y poco peso, así que a partir de la Segunda Guerra Mundial se convirtieron en las balas más glamurosas del mundo civilizado.

El calibre 9 mm Parabellum (*Si vis pacem, para bellum,* decía mi sargento en Melilla) tiene un moderado impulso de disparo, de tal manera que no daña el ánima, el interior del cañón de la pistola. Hay dos tipos: ánima lisa y ánima rayada, como la de James Bond, con surcos helicoidales por los que avanzan los gases de la explosión. Qué fuerte que el cañón de un arma se llame *alma*, por amor de Dios.

Llegamos frente a la puerta del baño del vagón más próximo. Qué mala suerte, Virgencita: no estaba ocupado. Las dos negras descomunales apretaban la Glock contra mis riñones y yo empezaba a marearme. La grasa de mi oblonga cintura entraba por el agujero del cañón y notaba los surcos del ánima marcándose en mi piel.

Yo sé de pistolas por la mili. La mili es un concepto tan arcano que la mayoría de vosotros, jóvenes lectores, no sabréis de qué estoy hablando. Yo hice la mili, pero por poco tiempo. Me hice el loco y no funcionó. Para impresionar a los médicos, o si queréis, para apoyar la puesta en escena de mi supuesta locura, en el mismo instante en que el sargento me explicaba que el alma de la pistola es muy importante para la estabilidad del proyectil, me tiraba alegremente por la ventana del segundo piso del cuartel de Melilla.

Entramos en el baño y cerramos la puerta. Llegó el momento de la verdad.

—Desvístete, cielo.

Comencé por los botones de la camisa. Me costó un infierno, los nervios me impedían acertar con los malditos botones. Ni en circunstancias normales conseguiría desabrocharme con soltura, pero, encañonado con la Glock, y con esa pareja de ojos púrpura clavados en mi cuello, resultaba prácticamente imposible.

Esto de tirarme por ventanas es una constante en mi trayectoria, pensaba mientras me desvestía. En Melilla me fracturé el tobillo, la cadera y dos costillas. Escapé corriendo en dirección contraria a la habitual, es decir, evitando España y perdiéndome en el más caluroso y polvoriento de los desiertos. Mi sargento se lo tomó como una afrenta personal y salió tras de mí montado en el jeep de la compañía; me devolvió al cuartel cogido de las orejas. Mi sargento era buena persona, le tenía mucho cariño. El uniforme le quedaba pequeño y cuando daba sus charlas sobre armamento, sus glúteos, exageradamente esféricos y apretados, sobresalían con impudicia por detrás de la chaqueta. Ese detalle impidió que jamás le tomara en serio.

—Vamos, cariño, que no tenemos todo el día.

—Lo hago lo más rápido posible, de verdad, señoritas. No, no es fácil, ¿saben?

No me quitaba aquella imagen de la cabeza. ¡Qué vergüenza de figura, qué pinta innoble tenía mi sargento! La chaquetita, y ese culo prieto. Qué horror. Rezaba a Dios para que, durante sus discursos sobre almas lisas y rayadas, no se girase al pasar delante de mí. Si le veía de espaldas, me entraba la risa. Chupé mucho calabozo por esa lamentable circunstancia. Lo peor de todo es que se tomaba terriblemente en serio todo ese mundo de los calibres. Claro: le iba la vida en ello. Ahora lo recuerdo con distancia, y no puedo llegar a imaginar cómo sufriría ese hombre, responsable de cincuenta torpes de 18 años con armas de fuego en sus manos. Cómo pude sobrevivir a la mili, no lo recuerdo. Sin embargo, aquella noche en el tren se mantiene imborrable en mi memoria.

Deposité la camisa en el suelo, doblándola con cariño, como si estuviera haciendo la maleta porque me iba para siempre. Las damas de hierro la recogieron cumplidamente. Unos polvitos se desprendieron del tejido. La mujer de la cicatriz en el cuello los recogió utilizando la uña a modo de cuchara, guardándolos con cuidado en los espaciosos agujeros de su nariz.

—El ánima rayada provoca que la bala rote sobre sí misma —explicaba mi sargento a la tropa muy serio—, mejorando su precisión. Según el tamaño o el peso de la bala, se necesita una tasa de rotación determinada. —Que no se gire, por favor, que me hunde—. Los proyectiles cortos y gruesos requieren poca tasa de torsión, mientras que los largos exigen tasas mayores. —Risas contenidas—. Puede establecerse una tasa de torsión progresiva, que comience suave y se incremente al final del cañón, así sufre menos el ánima; o cambiar el rayado convencional de 8 surcos por uno poligonal, sin estrías —cuchicheos y tos histérica, nervios—; o generar flancos en el mismo proyectil, para que se deslicen en el interior de los surcos del alma, mejorando el alcance. A eso se le llama *ánima llena.* —Se gira. Carcajada general. Alonso, González y el boludo, al calabozo.

—Muy bien, solo te falta el pantaloncito.

—¿O también tienes los calzoncillos blancos?

No, los calzoncillos eran míos. Menos mal. El bochorno parecía menos grave si no me despojaba de la totalidad de mi vestuario. Me quité los pantalones y se los entregué con cuidado, dobladitos, a mis dulces captoras.

¿Cuál es la tasa de torsión del alma humana? ¿Cuál será el alcance y la precisión de mi vida? Sé que para avanzar necesito girar sobre mí mismo constantemente, dar vueltas y vueltas empujado por los gases que provoca la digestión de mi propia insania, mi locura; cuantas más vueltas dé a las cosas, conceptos y personas, más lejos llegaré, más profundizaré en el interior de la realidad y más llena se hallará mi alma. Quiero penetrar hasta el fondo de las cosas. Quiero que mi chaqueta sea metálica, como los pezones de las amazonas, y hacer el mayor daño posible a los que me atenazan con preguntas. Pero antes debo reconocer, sin embargo, que mi corazón de plomo, elástico y moldeable (lo cual resta credibilidad al metal) me hace blando y patéticamente vulnerable. Por eso me encuentro aquí, empujado por mujeres de índole equívoca hacia un final ridículo y previsible.

—Gracias, cariño. Esto era todo. No ha sido tan terrible, ¿no?

—¿No me vais a matar?

—¿Matarte? Pero ¿cómo se te ha podido ocurrir semejante cosa?

La negra más voluminosa me colocó la punta del cañón de la Glock en la boca. Mis dientes apreciaban la textura del polímero.

—La gente siempre exagera.

Escuché cómo sus delgados dedos apretaban el gatillo.

Qué final más extraño, me decía a mí mismo. Francamente, siempre tiene uno la esperanza de que la última escena de tu vida parezca, efectivamente, la última escena. Las tramas de los personajes principales se cerrarán, por fin, y entenderemos de dónde venían y, sobre todo, adónde se dirigían nuestros pasos. Las preguntas serán respondidas, los buenos actos tendrán su recompensa y los villanos serán castigados. Pero no. No, las cosas no van a ser así, querido lector. Habrá muchas tramas, la mayor parte (todas, si me apuras), que no terminarán; se detendrán abruptamente. Y no es que su arco evolutivo sea frenado por un accidente, la realidad es que muchas no participarán de arco evolutivo alguno.

La gente no es como en las novelas. La gente no avanza. La gente retrocede, o avanza y retrocede, o ni siquiera eso. La vida es un guión absurdo con un primer acto que promete mucho y un segundo que no acaba nunca. El tercero no existe, y en caso contrario no lo reconoces como tercero; para la mayoría es el segundo y para algunos ambiciosos, el primero. Estaba perdido. Todo había acabado. Me iban a matar en ese preciso instante, y tan solo un humillante *deus ex machina* podría sacarme de allí.

La puerta se abrió con un tremendo golpe, y una bota Dr. Martens golpeó el bajo vientre de la nigeriana que, con el impacto, soltó la Glock mientras vomitaba sobre sí misma. La pistola cayó al inodoro. Sus rodillas chocaron contra el suelo, haciéndose añicos: el alarido me impidió escuchar cómo se quebraban las rótulas. Al mismo tiempo, la puerta continuaba su movimiento, rebotando contra la pared con una fuerza extraordinaria.

El borde metálico despegó la nariz de la segunda nigeriana. Un chorro de sangre caliente me llenó la boca de un sabor dulzón. Juan Carlos apareció ataviado con sus botas rojas y su calzoncillo amarillo. Agarró la poderosa mata de pelo de la negra que todavía se encontraba en pie y empujó su cabeza contra el lavabo. Los dientes que se desprendieron rebotaron en la porcelana como dados blancos sobre el tablero del Monopoly, perdiéndose después entre los pliegues de la chaqueta gris marengo.

—Deberíamos irnos, muchacho.

Satrústegi cogió mi ropa blanca (ahora ensangrentada) y cerró la puerta por fuera, pero se abrieron las del vagón contiguo automáticamente. El hombre pequeñito de la maleta Rimowa hacía acto de presencia, sorprendido de encontrarnos frente a él. Juan Carlos cogió su maleta sin mirarlo tan siquiera. La maleta encajaba milagrosamente en el pomo de la puerta y, al ser de metal, bloqueaba la entrada al baño herméticamente.

—Perdón, no puede... —empezó a decir el pequeñito.

—Querido amigo, le propongo una cosa —respondió Juan Carlos—. Esta puerta no debería abrirse en todo el viaje. Así que, si es usted tan amable, ¿podría encargarse de comprobarlo? Permanezca aquí, en esta posición, y cuando alguien necesite entrar, usted le explica que está fuera de servicio, o que su mujer está dentro, o lo que estime usted oportuno.

—Están ustedes desnudos —comentó utilizando un acento peculiar, propio del Tíbet o de una región desconocida de la India.

—Sí, caballero. Cada uno elegimos el ridículo que nos merecemos. Usted viste una prenda de abrigo infantil que le reconforta, porque le permite detener el tiempo. Viste como le gustaría a su madre.

El señor del tabardo escuchaba las palabras de Satrústegi sin desviar la mirada.

—Abrigo, jersey de lana a juego con los pantalones de pana, pañuelito al cuello, camisa a cuadros. Así se siente usted bien y me parece correcto. Nosotros estamos desnudos porque no hay nada que esconder. Además, nuestros cuerpos irradian tal cantidad de calor que los tejidos arderían al contacto con la piel. Por último, existe también un sutil homenaje estético; las figuras del Partenón también estaban desnudas y tenemos debilidad por Fidias. ¿Qué opinas, Rubén, muchacho?

—Que deberíamos irnos ahora mismo. El revisor no tardará en volver con el escándalo que estamos montando.

—Yo hablaba de Fidias.

—Ah, disculpa. Fidias es estupendo. Oye, ¿y tus azafatas?

—En el bar, han ido a por champán —me confesó—. Te estaba buscando por si te querías unir a nuestra pequeña fiesta improvisada. Me ha emocionado descubrir que tú ya te habías montado tu propio guateque estudiantil, con armas, drogas y mujeres de color: el discípulo supera al maestro.

—Gracias, pero a riesgo de ser pesado, me veo obligado a insistir —subrayé decidido—. Vayámonos, pero sin llamar la atención, ¿de acuerdo?

—De acuerdo.

—¿Y no te parece, querido amigo —insistí—, que sería prudente abandonar nuestro amor por Fidias y sus manías, vistiéndonos, un poco por encima quizá, para que de esa manera pudiéramos llegar a la frontera, al menos?

—¿Vestirnos?, ¿tú crees? ¡Si hemos quedado con las chicas de Renfe!

—Tengo que confesarte que, aun a riesgo de decepcionarte, no me siento con fuerzas para hacer frente a una celebración de esas características.

—Tú haz lo que quieras. Me voy al bar.

Juan Carlos parecía dispuesto a continuar abandonándose a la nostalgia de días pasados. Me puse la camisa y los pantalones blancos. A lo lejos, el revisor, acompañado por el camarero del bar y el hombre que repartía compulsivamente auriculares, se aproximaba con decisión, dispuesto a acabar con el escándalo de golpes y alaridos que, según docenas de viajeros, provenían de diferentes baños del AVE. Al vernos, aceleraron el paso justo hasta el punto de empezar a correr.

Satrústegi estaba ya lejos y el señor del tabardo me auscultaba con sus ojos penetrantes, estresándome. Esa mirada, insólita combinación de basset hound con Kali, la diosa hindú, me paralizó unos segundos. Parecía querer decirme algo, pero quizá no conociera nuestro idioma salvo lo más básico, acostumbrado a comunicarse con los terrestres en sánscrito. O puede que sus pensamientos resultasen intraducibles al castellano, idioma limitado a la hora de expresar conceptos abstractos complejos.

15

ENTIERRO PREMATURO

—Tiene que esconderse... —susurró—. Puede meterse aquí.

El hombre del tabardo sacó un extraño objeto del bolsillo, una especie de cilindro metálico, que se ajustaba a la cerradura de un pequeño compartimento situado a su lado, a la altura de la rodilla. Al abrirlo, pude apreciar un estrecho cubículo de no más de un metro de profundidad, frente a las puertas automáticas. Imagino que se trataría de un almacén de mercancía para el bar, o donde se guardan las maletas de la tripulación. No tenía tiempo para pensarlo dos veces y me metí dentro.

—No suelen mirar aquí.

—¿Por qué me ayuda? —le pregunté intrigado mientras me agachaba.

Entré por los pelos, sin advertir lo pequeño del espacio en el que me introducía. Cerró la puerta violentamente tras de mí, empujándome con ella.

Algo se rompió, porque pude advertir un sonoro ¡crac! en alguna de mis extremidades. Volví a la negrura más absoluta, un estado de empobrecimiento sensitivo que ya había sufrido y que, al parecer, me tocaba otra vez: la puerta no se abría, mi espalda se apoyaba sobre ella; apenas podía respirar.

—No le ayudo. —Escuché a la aberración enana de otro mundo a través del metal que me aprisionaba—. Te estoy encerrando, hijo de puta. Os vais a reír de vuestra puta madre, tú y tu amigo de los calzoncillos.

—Pero ¿quién es usted?

—Soy tu peor pesadilla. Tu némesis, tu ángel exterminador. Bueno, y el cuñado del revisor. Vas a pasarte este viajecito ahí metido, cabrón. Y cuando lleguemos a Girona, te estarán esperando los Mossos para llevarte a comisaría. ¿Me estás escuchando?

Le estaba escuchando. Pero, claro, no tenía demasiado sentido responderle. Además, las referencias bíblicas me acojonaron muchísimo.

—Ahora vamos a por tu amigo, que no tardará en caer, por muy bien acompañado que esté.

Le oí alejarse. Ese pequeño demonio, el ser del tabardo maldito, aquel tipo que parecía un viajero inocente, me la había metido doblada. Estaba atrapado en una ratonera, por propia voluntad y sin ofrecer resistencia: limpiamente. Oía risas al otro lado. Parecían contentos de haberse hecho con su presa. Después de haber salido indemne de un par de situaciones imposibles, ¡qué manera de cagarla, Dios mío! Escuché cómo retiraban la maleta metálica de la puerta del baño. Al abrirla, se encontrarían indefectiblemente con los cuerpos de las dos traficantes africanas, y yo sería más culpable que Judas. Agresión, como poco, si no estábamos hablando de algo más serio, puede que homicidio.

Todo por culpa de un estúpido presentimiento de Satrústegi acerca de una intuición inverosímil propia, rebozado con una pasta compuesta por un desequilibrio psíquico injustificable, harina y muchos huevos. Esto es como una enorme albóndiga de mi madre, pensé. Una gigantesca albóndiga incomprensible y absurda. Pesada, pastosa, retorcida, imposible de digerir. El mundo es una albóndiga. Me hubiera gustado incorporarme lo suficiente para sacar la mano que tenía atrapada bajo mis pies, pero era imposible. Me hallaba literalmente encajonado, en una posición antinatural incomodísima, como un mago de feria, dentro de aquel metro cúbico de espacio, y no había manera de mover un solo músculo.

¿Cómo nos siguieron esas dos mujeres hasta aquí? ¿Cómo sabían que conseguiríamos montarnos en el tren a tiempo? ¿No hubiera sido más sencillo quitarme la ropa antes? ¿Tendrían algo que ver con la desaparición de Kossovsky? ¿O se trataba de una trama paralela, secundaria, independiente de la trama principal? ¿Sería consciente Kossovsky de que su asistenta era una mula ciega, y lo mataron por ello? ¿Estaría Kossovsky ahogado en su piso, bajo el lodo negro, y no fui capaz de advertirlo, obnubilado por su colección de joyas del décimo arte? De pronto, ya nada me parecía medianamente sensato. ¿Y si Durero no tiene nada que ver con esto? ¿Y si la realidad, eso que parece que está ahí, no es más que una proyección generada por mis obsesiones, una ilusión, un fuego fatuo, una sombra en la caverna, y solo existe una mente (quizá no la mía, ni siquiera la tuya) encerrada en sí misma? ¿Y si siempre he estado metido aquí, en este cajón? ¿Y si este sitio tan pequeño y oscuro es el universo?

Daba vueltas a todas las posibilidades mientras perdía el flujo sanguíneo en mi brazo derecho, aprisionado bajo las piernas. Dobladas sobre sí mismas y enredadas con mis brazos, formaban una esvástica tridimensional, un laberinto de miembros, un rompecabezas de pies y manos encajados en un todo indivisible, empaquetado por el súcubo del tabardo en un compartimento para mascotas, o productos de limpieza.

Pensé que quizá calmándome podría reducir la cantidad de oxígeno consumida y, gracias a ello, sobrevivir a esa tortura con mayor holgura, si aceptamos *holgura* como un sustantivo apropiado en aquellas circunstancias. ¿Habrían liberado a las africanas?

En el caso de que fuese cierto, me estarían esperando ahí fuera para, presumiblemente, desnudarme y matarme. Eso sí, no les convenía que me detuvieran al llegar a Girona, porque perderían su valiosa mercancía. Y tampoco podrían deshacerse fácilmente de mi cuerpo, alertado el revisor y su cuñado de, digamos, mi «complicada» relación con ellas. Por eso, en el caso, y solo en el caso de que consiguiera escapar de esa jaula de grillos, quizá las diosas de ébano no se mostrasen todo lo violentas que ellas pudieran llegar a desear, dado lo enrevesado de mi coyuntura. Esta reflexión, totalmente gratuita y aventurada, basada únicamente en suposiciones indefendibles, me sirvió de un gran alivio.

¿Y Juan Carlos? ¿Pagarían las azafatas su billete? Aunque así fuese, ¿sería denunciado por el hombre pequeño de la Rimowa como culpable de agresiones indiscriminadas a mujeres de color en los baños de un servicio de transporte público? Los empleados de Renfe intentarían detener su conducta asocial en un futuro próximo, de eso estoy seguro. Quizá ya estaba ocurriendo en aquel mismo instante, y yo, qué lástima, no podía hacer nada por impedirlo. O quizá no, puede que Satrústegi hubiera conseguido cerrar un vagón de primera para disfrutar de sus lúbricas acompañantes: me lo imaginaba entrando y saliendo de sus cuerpos sin saludar siquiera. Conociéndolo, esta segunda opción se presentaba como la más probable. Sin embargo, nada de lo que Juan Carlos pudiera hacer me ayudaría.

Tenía que dejar descansar la cabeza tan solo un rato, porque se me estaba recalentando. Las ideas rebotaban unas con otras, desordenándose. Mi cráneo titilaba como las bombillas de una máquina de petacos; demasiadas cuestiones sin respuesta, mucho calor y poco aire.

Dormí durante horas, o lo que me parecieron horas. Cuando desperté, mis ojos se habían acostumbrado a la oscuridad, hasta el punto de llegar a vislumbrar un leve resplandor alrededor de las formas. Distinguía unos dedos de una mano y otros que parecían de un pie, pero nada se movía. O se me habían dormido las articulaciones, o no eran mías. Recuperé, tras un buen rato intentándolo, cierta movilidad en dos dedos de la mano derecha, que, atrapada bajo mi culo, me saludaba allí abajo. Yo mismo me sorprendí al verlo, y me hubiera gustado devolverle el saludo, pero había perdido la otra mano. No se veía por ninguna parte. Fuera, en el mundo exterior, no se escuchaba nada, salvo las lejanas pisadas de alguien muy pesado y el temblor producido por las ruedas de una maleta al cruzar entre dos vagones. Necesitaba una idea, por ridícula que fuera. Mi memoria es un desastre, pero el episodio que voy a relatar permanece fundido en mis neuronas como si lo hubieran soldado en la fragua del mismo Vulcano. No despreciaré ni un solo pormenor. No quiero apelar a vuestra imaginación.

Repasé los contornos que me rodeaban. Nada, salvo yo mismo. ¿Qué punto de luz provocaba el resplandor? Busqué una grieta, una fisura por las esquinas del cajón. No, no se trataba de la puerta metálica, la tapaba mi espalda. Era otra cosa. Dos de mis dedos palparon el suelo. Distinguí un tornillo sobre la superficie de acero. Lo examiné con detenimiento. Se encontraba firmemente apretado. Utilicé las uñas para intentar sacarlo. Al girar el dedo ejerciendo presión sobre el tornillo, la uña se separó de la carne. No pude verlo, solo sentirlo. Un dolor agudo me sacudió de arriba abajo, como si me hubieran pellizcado los pezones con un alicate. Intenté pegar la uña al dedo con saliva, pero no acerté con el escupitajo, que cayó sobre mi tobillo. La uña terminó desprendiéndose totalmente, y aproveché esta circunstancia para cogerla entre mis dedos doloridos con mayor firmeza y volver a intentarlo.

El tornillo, asombrosamente, giró sobre sí mismo. La uña quedó totalmente destruida, pero, después de una eternidad de esfuerzos, lo saqué del todo. Sorpresa: la luz provenía del suelo. Veía el resplandor a través del agujero de la chapa. Eso significaba que, si conseguía retirar todos los tornillos, podría al menos respirar cómodamente. Entonces fue cuando caí en la cuenta de que necesitaba otra uña.

Tenía que arrancármela para poder utilizarla como destornillador. No había otra posibilidad. Fuera, el llanto de un niño que no se quiere dormir, compartido por los viajeros con paciencia. Ahí dentro, el llanto de un adulto, silencioso y solitario, ignorado por todos, pero no por ello menos profundo.

Mordí con fuerza el borde de la uña del pulgar, un poco por considerar el tamaño de su apéndice queratinoso más grueso y resistente que el del índice, o que cualquier otro dedo asequible. Tiré de la uña hacia abajo con fuerza, hasta que el dolor se hizo insoportable; una vez empezada la operación no podía frenar el proceso, así que, con el rostro cubierto de lágrimas, y haciendo acopio de todo el valor posible, logré arrancarme otra uña, esta última más dura y consistente. La sangre brotaba de las puntas de mis dedos y me impedía maniobrar con agilidad.

Además había perdido, como comenté antes, una de mis manos, sin riego sanguíneo alguno, a causa de lo retorcido de mi postura; la única opción era desatornillar con la uña el maldito tornillo, pero atención al detalle cruel: utilizando los mismos dedos que previamente se habían visto desprovistos de uña, con lo cual, al ejercer de nuevo presión sobre el pedazo de hierro ladino que Dios confunda, el padecimiento se duplicaba. Ya no me quedaban lágrimas que derramar y me limitaba a babear sobre mi tobillo mientras apretaba la uña de mi dedo gordo con toda mi alma, y el tornillo que no giraba. Y nada. Otro intento y nada. «¡Oh, Señor!, ¿por qué me has abandonado?» Suplicaba, imploraba, y nada.

La uña había perdido ya el filo por uno de sus lados —de tanto darle y darle— y conservaba tan solo un pequeño resquicio reutilizable en una esquina; una porción válida de uña de dedo gordo introducible en la ranura del execrable tornillo asesino. Me puse a ello. Volví a encajarla en la hendidura. Me entró la risa al comprobar lo rápido que lo había logrado; solo quince intentos. Presioné entonces con toda mi alma antes de empezar a girar. Y cuando mis fuerzas no daban para más, dejé caer todo el peso de mi cuerpo sobre mis dos dedos en carne viva para, al mismo tiempo, proceder al giro de torsión. Un dolor infinito desgarró mi alma, pero el tornillo cedió. Y no solo eso: el peso de mi cuerpo recaía efectivamente sobre la misma chapa de metal que desatornillaba desde hacía horas y, al sacar el segundo tornillo, se dobló, y en un instante mi cabeza desapareció por el hueco.

Menos mal que soy un tipo ancho de hombros. Bueno, prefiero pensar eso que no otra cosa. Ahora que han pasado meses de aquello, puedo reconocer que quizá mi barriga impidió que cayese a las vías del tren. Detalles. Ya fueran mis hombros o mis grasas las que frenaron la caída, lo cierto es que me encontraba a un palmo del suelo, boca abajo, sintiendo en mi rostro tembloroso los trescientos kilómetros por hora que puede alcanzar un tren de alta velocidad.

No tardé en acostumbrarme a la nueva situación. La distancia entre el suelo y mi cabeza colgante sería de unos diez centímetros, pero a mi derecha, debido a un hueco milagroso en la estructura metálica, habría unos cuarenta centímetros libres. El espacio se encontraba protegido por una rejilla de aluminio; si conseguía llegar hasta ahí y soportaba mi peso, podría quizá utilizarlo de escondite. El problema fundamental era respirar. A esa velocidad era complicado mantener la rigidez suficiente en los esternocleidomastoideos para evitar que se me volase la cabeza, y al mismo tiempo abrir la boca con el objetivo de seguir respirando, eso sí, sin perder los carrillos, agitados como las velas de un galeón en medio de la más feroz de las tormentas.

Empujé de mis hombros hasta arañarme la espalda con los bordes herrumbrosos de la estructura. El dolor ya no resultaba una variable a considerar. Sobrepasado el umbral soportable, cualquier sufrimiento, al ser menor, supone un alivio. La barriga era un obstáculo pronunciado en mi plan de fuga. Sin embargo, decidí que mi sobrepeso no iba a detenerme. Introduje mi estómago —doblándolo sobre sí mismo— bajo la caja torácica, empujándolo sin compasión con mi mano libre. La partida no había acabado. El mago Abraxas, hechicero de tercer nivel con 5500 puntos de experiencia, había perdido muchos puntos de golpe, pero seguía jugando.

Las prácticas ascéticas de los Padres del yermo (en concreto, Simón el Estilita) me fueron de mucha utilidad en tales circunstancias, así como ciertas disciplinas faquíricas sugeridas en el Vedanta Advaita; gracias a la más absoluta concentración, conseguí desvincular el espíritu del cuerpo y plegar este a mis estrictas conveniencias. Es la mente la que da las órdenes, y a ellas somete su naturaleza. Alterando adecuadamente el estado de conciencia, un sujeto es capaz de negar el vínculo natural con la materia a través de privaciones, penitencia y oración.

Cincuenta padrenuestros más tarde había conseguido sacar las nalgas al exterior, si bien una buena mata de pelo de mis genitales que (dramáticamente) sobresalía de la cremallera (rota) del pantalón terminó enredada en la rejilla de aluminio. No hubo manera de salvarla y pongo a Dios por testigo que lo intenté con todo mi empeño. Finalmente la arranqué de un tirón y, por fin, logré alcanzar mi objetivo. Ríos de lágrimas costó la hazaña, pero lo importante, querido lector, son los resultados.

Me encontraba acostado lateralmente, en posición fetal y de una sola pieza, escondido entre las vibrantes ruedas del tren, sostenido de milagro por cuatro hierros, oculto en las tripas del monstruo. De vez en cuando saltaban chispas, o algún triste guijarro rebotaba sobre mi cuello o mis riñones. Minucias. El viento y el polvo terminaron cegándome. La córnea de mis globos oculares estaba desprotegida, al haberse evaporado prácticamente el humor acuoso que la cubría. Todo ello había provocado, como diagnostiqué más tarde, una queratoconjuntivitis seca, propia de ancianos que ya no lloran. Yo la sufría no por viejo (que lo era), sino por haber llorado demasiado en mi vida, por haber gastado las lágrimas que mi tejido conjuntivo era capaz de producir o, precisando, por haberlas desperdiciado.

Encontrarse bajo un tren, agazapado como una comadreja, mientras el mundo corre a tus pies a una velocidad de vértigo, empuja tu ánimo, como mínimo, a la reflexión. Lo primero que hice fue cerciorarme de que, al salir de mi encajonado encierro, la chapa metálica por la cual conseguí escapar quedase herméticamente sellada, para evitar que encontrasen este mi segundo escondite. Así fue. De acuerdo, si alguien se agachase lo suficiente, quizá podría llegar a reparar en los orificios de los tornillos rellenos con pequeñas porciones de una mezcla de tejido y mugre proveniente de la punta de mis calcetines —sustancia particularmente moldeable—. Sin embargo, confiaba en la ineficacia de mis perseguidores y en la escasa exigencia de su análisis. Aquello era demasiado grande para el cuñado del revisor. Se conformarían con echar un vistazo por encima. Nadie en su sano juicio encontraría lógica la posibilidad de una huida «hacia abajo». La salida más verosímil nunca sería esa... No. Vamos, no lo creía en ese momento.

Me dormí y me desperté dos o tres veces y nada pasó, excepto que se me estaban congelando las articulaciones, y en una de esas casi me caigo. Mira que a cualquiera le cuesta dormirse en los trenes, con tanto vaivén, pero el AVE es bastante estable y me quedé frito a la primera de cambio. Con el bamboleo, los ojitos medio abiertos y las nalgas al aire, a punto de rozar el suelo, leí a lo lejos un cartel: «Narbonne». ¡Ya nos encontrábamos en Francia! A través de las ruedas del tren, y del borrón incesante de objetos en movimiento, vislumbré en la distancia un par de carteles más: «Béziers» y «Montpellier». Nos quedaban Nimes y Valence para llegar a París. Era noche cerrada, y el frío había congelado mis miembros. Todos. Lo agradecí; el dolor había cesado por completo, y eso era bueno. El precario equilibrio en el que me encontraba, soportado por unos pocos centímetros de aluminio, aguzaba mis sentidos. Yo soy una persona que se crece en la adversidad. El espectador objetivo, o mi madre, sin ir más lejos, explicaría este fenómeno desde una perspectiva menos halagüeña: es la adversidad la que crece ante mí.

El giro infinito de los rodales que soportan el

peso de los vagones del AVE me trastornaba. No tanto su visión, inviable por el polvo que levantan y la presión que ejercían sobre mi rostro, sino por el ensordecedor, insoportable, abrumador estruendo de sus ruedas cabalgando sobre los raíles. Miles de toneladas lanzadas a una velocidad prodigiosa. Una gigantesca ballena cruzando el océano con la boca abierta, y yo, pobre de mí, un pedazo de carne entre sus dientes.

Tenía que sobrevivir al viaje iniciático, a ese descenso a los infiernos, como Jonás, hijo de Amitai, profeta de Gat-Héfer, engullido por el gran pez. «Llegaré a Delfos y haré la pregunta», pensaba, con los ojos cerrados, acurrucado, a trescientos kilómetros por hora. Sí, de acuerdo, haré la pregunta, pero ¿cuál? ¿Qué pregunta las engloba a todas? ¿Dónde está Kossovsky? ¿Eso me movía? ¿Tan solo eso? ¿No sería mejor preguntar: «Quién es Kossovsky»? Pero tampoco me llenaba. Faltaba algo. Preguntar por la pregunta, quizá. ¿Cuál es solución al enigma, Sibila? Si estuviese Satrústegi conmigo, qué sencillo sería. Él conocía la pregunta y su respuesta, pero no deseaba revelármelas todavía. No antes de que las descubriera por mí mismo. Peor. La respuesta pasa por mi esencia, mi alma llena, como demostró el grabado de Durero, y mi sargento en Melilla. Por eso hui al desierto, claro. Yo soy la pregunta. Esa es la solución. Cuando llegue a Delfos y contemple el ombligo del mundo, el *omphalós* sagrado, cuando me siente delante de la Pitia, no me quedaré callado, no. La pregunta será breve, pero completa. Más que eso: la pregunta será única, porque lo englobará todo y a todos, explicará mi terror a los porteros, la trascendencia de Panofsky y por qué Ramón y Cajal no tiene orejas. Comprenderé por qué me importa el Dungeon más que la escolástica o mi propia vida. Explicará el sufrimiento de mi locura y la lógica de mi padecer. Recordaré qué ocurrió en París, y sabré si Montse sigue allí, como de alguna manera presiento. ¿Quién soy en realidad? Esa es la cuestión.

16

PIERRE Y FRANÇOIS

Lo primero que me apetece contar es que, al día siguiente (tan solo un día) de escapar del AVE, me encontraba sentado en una mesa de La Coupole, vestido de esmoquin y disfrutando de un Dry Martini. Lo sé, sé que me estoy saltando muchas cosas; ahora os lo cuento todo. Pero antes de hundirme en el farragoso mundo de los detalles y pasar al último acto de esta tragedia burlesca, quiero recordar aquellos instantes de plena felicidad, ahora inalcanzable. La Coupole era mi bistró favorito de París. Yo nunca había estado allí hasta entonces. Por otro lado, se supone que sabía hablar el idioma, pero no fui capaz de ligar una palabra con otra. ¿Qué pasaba? Las cosas no concordaban y había una razón; terrible, que entonces desconocía, y que explicaré al final de este vía crucis.

Bajo aquellas extraordinarias columnas policromadas pasaron los más grandes: Picasso se dejaba una pasta y Man Ray no pagaba nunca. Camus celebró el Nobel pidiendo sopa de cebolla —que está riquísima, por cierto— y Modigliani garabateaba el menú, como quien no quiere la cosa. Joséphine Baker cenaba con Simenon y le robaba las patatas fritas del plato. Joyce bebía demasiado y se ponía muy pesado. Henry Miller utilizaba los baños como Satrústegi, para cualquier cosa menos para lo que están concebidos. Y yo, querido lector, ajeno a ese mundo de monstruos; Rubén Ondarra, el desafortunado editor, se tomaba un Dry Martini a las siete de la mañana y nadie le decía nada. Quizá me confundieran con un excéntrico famoso, o respetaban sin más lo exclusivo de mi indumentaria. Qué diferencia, amigos. Porque en La Coupole te respetan. Es un sitio especial para gente especial. Eso no era el Starbucks. Allí no gritan tu nombre, no hay colas ni *extrashots* de café, ni sacarinas ni palitos para revolver. Joder, hay cucharas. ¡Cucharas!

El Dry Martini hay que tomarlo con ginebra y una cantidad de vermut inapreciable para los sentidos. Churchill, Buñuel o David Borsook, neurobiólogo del departamento de investigación sobre el dolor del Hospital General de Massachusetts (no recuerdo quién de ellos), aseguraba que tan solo se necesita un rayo de sol; un fulgor, un resplandor incidiendo en la botella de vermut y proyectándose a continuación sobre el cristal inmaculado de tu copa. Me lo bebí a sorbitos, como si fuese medicina, saboreándolo con cuidado de no derramar nada. Tenía dinero. Aquellos gitanos lo solucionaron todo.

No sé cómo acabé allí, pero me desperté en una especie de hangar para trenes a kilómetros de la estación. No había nadie, todos desaparecidos. Ni un alma. Ni el cuñado del revisor, ni Satrústegi o las azafatas salidas, ni siquiera la Policía esperándome, nadie. Cero. Un frío acojonante, desesperanza y aquel olor tremendo, irrespirable, cubriéndolo todo. Azufre, plástico de bolígrafo Bic quemado a toneladas, no lo sé. Después de frotarme con un trozo de moqueta gris, un rollo interminable, áspera como el Scotch-Brite (os aseguro que se puede estar perfectamente sin él), recuperé el flujo sanguíneo en mis piernas, y gracias a ellas, logré abandonar aquel infecto lugar. Eso sí, en cuclillas.

Tras quince minutos arrastrándome en la oscuridad, pálidamente iluminado por carteles publicitarios de Eau de Rochas y lencería femenina Chantal Thomass, el Volvo V4 Cross Country, «Complice de vos évasions», y máquinas de afeitar Venus Embrace, escapé del entorno ferroviario atravesando una estupenda escombrera con el muro de hormigón parcialmente derribado. Un grafiti de colores fosforescentes dibujado en las ruinas me asustó:

«Conard». Este tipo de señales mistéricas me angustian y se me pegan a la piel como Loctite. ¿Sería por mí? ¿Por qué precisamente eso ahí? ¿Qué significaba?

François y Pierre, dos gitanos simpatiquísimos, me ayudaron a incorporarme. Solo por educación. Así es Francia. Nos dimos la mano, me abrazaron con afecto y, al comprobar que el 40 % del tejido que envolvía aquel cúmulo de grasas escocidas se componía de una droga ilegal de gran valor en ciertos círculos sociales, decidieron comprármela. No entiendo cómo no me la arrancaron a mordiscos; hubiera sido más breve, y sobre todo más económico. Pero deduzco (quizá impulsivamente) que el hecho de no entender una sola palabra de francés me dio cierto prestigio, como cuando de pequeño mirábamos con ojitos a los extranjeros por ser precisamente una cosa exótica, de fuera, unas gentes de otros mundos más civilizados, y su desconocimiento del idioma autóctono resultaba algo aristocrático, sobresaliente; la demostración palpable de nuestra inferioridad e impertinencia. Aquellos dos tipos vestidos con varias capas de abrigos mugrientos y camisetas de fútbol valoraban mi aspecto y me trataban con respeto. Qué maravilla. Una vez desnudo, guardaron mi ropa con esmero en los sacos de obra que portaban a su espalda y me prometieron una parte razonable de los beneficios.

Cenamos un tetrabrick con caldo de pollo frío y una bolsa parecida a los Risketos con nombre extravagante: Chips Vitelotte, de la marca Pomlisse. Deliciosas, de color violeta. Las contamos y las dividimos en tres porciones, extendiéndolas sobre una piedra. Me tocó la tercera parte de una de las tres partes. Lo consideré justo. Después del ágape regado con un vino de cocina de gran calidad, Gran Chef de Pinord (bioecológico), nos dormimos uno encima del otro, y a mí me tocó debajo. Lo agradecí, porque necesitaba calor humano... La camaradería era notoria.

Cuando el sol comenzaba a manchar el cielo, nos despertó un griterío cercano. Nos escondimos tras el muro, como si fuéramos a cometer alguna travesura. Qué diversión. Esperábamos escondidos la aparición de los transeúntes, como chiquillos. Yo no podía evitar una risita pícara, de niño travieso. Parecíamos unos diablillos juguetones. Asomé la cabeza por encima del muro. Se trataba de un grupo de unas ocho personas, muy alegres, quizá invitados a una boda: todos vestían de etiqueta. Alguno llevaba una botella de champán francés en la mano (qué tontería de apreciación) y otros sacaban fotos con sus móviles, mientras el resto cantaba con alborozo.

Pierre salió bruscamente de su escondrijo y apoderándose de la botella de champán se la rompió a su dueño en la cabeza, derribándolo en el acto. Con el pedazo que aún sostenía en la mano, tan solo el cuello de vidrio, acuchilló en el vientre a dos señores. Murieron sonriendo. Demostró una habilidad asombrosa, a pesar de su cojera. Un detalle inolvidable: las tripas de los señores, al caer sobre los cascotes, expelieron su contenido aún no digerido, y distinguí una cabeza de gamba. François no se quedó corto. Más contundente, utilizaba una piedra del tamaño de una manzana para enfrentarse a los amigos del novio. Le duraron muy poco. Se salvó uno bajito que corría como un galgo. Recogieron entre los caídos unos dos mil euros. Mientras se dedicaban al registro y administración de sus propiedades, yo me hice con un esmoquin de un individuo muy moreno, puede que indio, de mi tamaño. Mientras lo desnudaba, me observaba sin decir una palabra. Daban ganas de disculparse, pero no hubiera resultado muy elegante. Resumo: apareció la policía, los dos gitanos emprendieron la fuga, cogieron a Pierre (era hábil, pero no veloz) y François desapareció en una esquina, llevándose como único botín un enorme peluche, un gato rosa de ojos llorones. Me gritó «Adieu», o eso me pareció entender. Yo ya estaba lejos.

Guarecido en un cajero, recuperé la compostura después de la carrera. No puedo negar que lo ocurrido me pilló desprevenido, pero en este viaje pocas cosas llegaron a inquietarme: no había tiempo. En el bolsillo del esmoquin encontré quinientos euros y, como la calle parecía tranquila, me dije: «Nunc est bibendum». Vamos a tomar algo.

17

ON THE ROAD

Julie London cantaba *Fly me to the moon* en el hilo musical de La Coupole. Qué mujer. Recordaba la portada de su disco *Julie is her name,* su primer gran éxito. Preciosa, con un vestido palabra de honor que insinuaba unas curvas formidables, y digo insinuaba porque tristemente quedaban fuera de cuadro. A partir de diez Dry Martinis uno empieza a valorar en su justa medida la suerte que ha tenido en la vida. Incurrimos en el mal gusto de pensar siempre en la excelencia, y los caballeros no hacen comparaciones. Eso me excluye. Los pechos de Julie London no tenían nada que envidiar a los de Montse. Esa expresión tan gráfica, «caídas hacia arriba», describía con precisión las sensaciones que se apoderan de un hombre de mundo cuando sueña con el esplendor femenino. El oxímoron es un arte. Hielo abrasador, fuego helado, herida que no duele y no se siente (de Quevedo) son buenos, y podrían aplicarse a Julie

London, al Dry Martini o a los pechos de Montse de manera indistinta.

Reconozco que me costó entender las indicaciones que uno de los amables camareros tuvo a bien proporcionarme para visitar Disneyland Paris. Al principio entendí que había que ir al aeropuerto de Orly, y desde allí coger una línea de autobuses llamada VEA, pero luego deduje que una tal Bea, una chica encantadora y muy dispuesta, se encargaba de llevar a la gente en su autobús hasta Disneylandia por el mismo precio que cuesta ir al aeropuerto de Orly. Desde luego es un negocio, pero algo en la historia me hacía sospechar que no había entendido correctamente sus directrices.

Pagué lo que debía, unos cien pavos, y en la calle cogí un taxi.

—*S'il vous plaît, je veux aller à Disneyland.*

—*Je ne comprends pas.*

El camarero me había escrito el texto en una servilleta y la pronunciación, bastante ajustada, parece que funcionó. El hombre sacó su datáfono de la guantera. El gesto indicaba que el trayecto no iba a ser barato precisamente. Ignoraba cuánto podía costar el viaje. Pero yo ya estaba por encima del bien y del mal, nada me amedrentaba, y si tenía que utilizar otro procedimiento para llegar a un acuerdo con el taxista que no fuese estrictamente económico, no dudaría en utilizarlo. Cuando me devolvía la servilleta, se fijó en la ausencia de uñas en mis dedos. Recuerdo su mirada extraviada y confusa. Duró tan solo un instante. Me incomodó.

Me gustan los tejados de las casas, las mansardas con recubrimiento de zinc. Me gustan los anuncios con muñecos graciosos como el de Michelin, la gente abrigada y las bufandas. Me gustan los restaurantes con terrazas en las esquinas y los neones. Me gustan los adoquines y las librerías Album. Lo que no me agradaba era el Citröen DS Tiburón que nos venía siguiendo. En su interior, dos mujeres de color vestidas de gris.

Intenté comunicar a mi conductor la urgencia en la que me encontraba y lo conveniente de aumentar nuestra velocidad. No funcionaba. ¿Cómo habían dado conmigo? Las dos narcos de pelo afro no se rendían fácilmente. Recordé, asimismo, que no llevaba puestas las prendas que ellas apreciaban tanto. ¿Qué hacer?

—Nos está siguiendo un coche —comentó el taxista en un perfecto castellano—. ¿Vienen con nosotros?

—No. De hecho, sería estupendo que pudiéramos evitarlo. Siento muchísimo esta situación.

—Será mejor que se baje del coche.

—Si me bajo, me matarán. Ya lo intentaron una vez.

—No puedo ayudarle. Voy a parar.

El taxi aminoró la marcha y el Citröen DS lo golpeó con fuerza.

—*Merde! Qu'est-ce qu'ils font?*

Se encontraban a nuestro lado, avanzando por el carril contrario. La de la cicatriz sacó su Glock de la guantera. Nuestros ojos se cruzaron. Las magulladuras no conseguían encubrir la cólera desproporcionada de su mirada.

—¡Están armados! *Qui êtes-vous?* ¡Bájese inmediatamente de mi coche! —gritó el taxista.

Me incorporé sobre los asientos delanteros para hacerme con el datáfono, aferrándolo para romperlo en su nuca con todas mis fuerzas. El conductor cayó sobre el asiento del copiloto. Con sus continuos golpes, el Citröen evitó contra todo pronóstico que nos saliésemos de la carretera. Mientras, sudando copiosamente luchaba por apartar del volante el cuerpo de ese hombre, Alain Gómez Thibault (como leí en su registro pegado al cristal), para así —ingenuo de mí— hacerme con el control del vehículo. Al mismo tiempo, un segundo coche nos adelantaba por la derecha. Nos encontrábamos atravesando el túnel de l'Alma en la margen norte del río Sena. Es curioso pensar que en circunstancias extremas como esa uno tenga tiempo y ganas de discurrir estupideces, pero ¡qué le vamos a hacer!, así es la condición humana. No pude más que recordar a Lady Di en una situación semejante en este mismo lugar, y supliqué al Señor nuestro Dios que me concediera un poco más de margen que a la princesa.

El coche que nos flanqueaba por la derecha contrarrestaba los golpes del Citröen por la izquierda. Desde luego, cualquiera diría que me estaba ayudando. No dejaba de ser una impresión precipitada. El conductor me sonrió guiñándome un ojo. Sí, no podía ser otro. Juan Carlos pilotaba, y a su lado, pude distinguir al individuo innoble del tabardo, el triste señor pequeñito de la maleta Rimowa, el del acento raro, totalmente fuera de sí, armado también, apuntando a la cabeza de mi añorado amigo con el cañón de su pistola. Pasaría por alto el hecho de que Juan Carlos vistiera el atuendo de una de las azafatas de Renfe si no es porque más tarde este dato resultará esencial para la comprensión global de lo acontecido. Intuyo que a él también le chocaría verme de esmoquin. O no.

Lo que sí era un hecho palpable es que los tres vehículos en paralelo no cabían bajo el túnel, por lo que uno de ellos se estrellaría inequívocamente contra las columnas que dividen los dos sentidos, como le pasó a Lady Di; a no ser que alguien, cualquiera de los tres conductores, tomase una pronta decisión. No esperé a mis compañeros: frené lo suficiente para evitarlo, empujando la pierna de Alain contra el pedal. A mi derecha, el señor del tabardo, poseído por una ira desmedida, amenazaba a Juan Carlos, que a su vez intentaba acercarse lo máximo posible al taxi. No sé muy bien cuál era su propósito. Por otro lado, la pareja de negras salvajes no parecía desanimarse. Su empeño por destrozar ese valiosísimo Citröen Tiburón, nombrado el coche más bello de la historia por la prestigiosa revista *Classic & Sports Car*, era sin duda encomiable; las puertas laterales destrozadas a golpes y el parachoques arrancado de cuajo, por no hablar de los neumáticos, que prácticamente ardían sobre el asfalto.

Al sobrepasar el túnel dejé las columnas atrás, pero un murito bajo persistía en el centro de la vía, impidiéndome cambiar de carril. Ahora tenía los dos coches a mi derecha. Las intenciones de mis perseguidores eran más complejas de lo que parecía en un principio, ya que, entre sí, también existía una animosidad patente. El cuñado del revisor no dudó en disparar contra el Citröen, atravesando el cristal de su propio coche. No tenía mucha puntería: las balas perforaron los cristales del Citröen; a no ser que el objetivo fuera el desgraciado Alain, que recibió finalmente los impactos.

Ya se podían escuchar las sirenas de la Policía, y no podía perder esa oportunidad. Me lancé sobre el asiento del piloto mientras pateaba el cadáver del señor Thibault hasta pegarlo a la ventana: su cuerpo me serviría de parapeto. Pisé el acelerador hasta el fondo y crucé por fin al carril contrario. Esquivar a los coches que se me echaban encima, avanzando en dirección contraria a la mía, no suponía más que un mal menor, teniendo en cuenta lo que me esperaba. No era el momento de desfallecer. Me había tomado unos Dry Martinis, estaba vestido correctamente, había descansado y las uñas no sirven para nada. Estaba contento.

En cuanto divisé un desvío lo cogí, sin pensar obviamente en las consecuencias. Lamento de corazón los accidentes que provoqué al apostar por la alternativa más extrema. Mi alma está perdida, mi corazón es negro como las axilas de mis incansables acosadoras y no pienso dedicar un minuto a la redención. Uno es lo que hace, como decía Satrústegi, Kant y las reglas del Dungeon.

Es tan cómodo hacer lo que dicen los demás. Es tan fácil encajar, conformarse... Tengo cincuenta y dos años. Si la vida es una semana, estoy a viernes. Mañana es el último día; el domingo está todo cerrado. Estamos a viernes y no he hecho nada más que quejarme. Nunca se daban las condiciones idóneas para el trascendental primer paso. Siempre había que esperar algo, algo que no llega.

No solo las niñas, todos queremos un príncipe azul que nos despierte de esta pesadilla aburrida, previsible e insulsa. Esa espera, ese «Ahora no» se llama *cobardía.* «Que venga ya ese hijo de puta, que nos bese en los morros de una maldita vez, nos coja de los pelos y nos arroje al mundo de verdad, al bueno, al nuestro»: eso es lo que soñamos por la noche. Pues bien, lector amigo, tenlo claro: no va a pasar nunca. Preguntádselo a Barbie. Ken está liadísimo pagando la hipoteca. El príncipe no va a venir y nos tenemos que buscar la vida. La oportunidad fantástica no va a llegar, porque no es fantástica. Las oportunidades son una mierda y solo optando por ellas se convierten en fantásticas. Voy a sobrevivir, voy a equivocarme —me decía a mí mismo—. No pienso hacer los deberes para que, cuando llegue el fin de curso, descubra que no había examen, ni siquiera profesores que me pongan una nota. No, yo no. Tenía una oportunidad. Iba a encontrar a Kossovsky, aunque eso me arrastrara al infierno.

El taxi volaba por el carril contrario destrozando familias a ciento ochenta kilómetros por hora, y su conductor, un tipo vestido de esmoquin, no pensaba detenerse a pedir perdón por ello. Entonces fue cuando escuché el estruendo. Uno de los vehículos había chocado con algo, o quizá los dos coches entre sí. El humo me impidió distinguir nada. Lo que estaba claro es que ambos abandonaron la persecución, por lo menos de momento. Ahora bien, no iba a mirar por el espejo retrovisor para comprobarlo. Esta vez no. Avanzar, arrasar, nunca detenerse, solo hacia adelante, sin dudas ni remordimientos.

Dos Renault Mégane III me mordían los talones.

La Gendarmerie utiliza coches autóctonos y me parece adecuado. Es un detalle saber que, si ahora nos estrellamos contra un camión, beneficiamos, de alguna manera, a la industria del automóvil francesa. Para quienes lo intenten les comento que conducir en dirección contraria no es tan complicado. Se genera una especie de carril ficticio frente a ti; la presencia de un vehículo que se te echa encima acojona tanto que la reacción es instantánea. Todo el mundo se aparta. Se llevan la peor parte, desde luego, pero los conductores cabales no forman parte de esta historia.

Tal como vine, me fui. Un desvío natural, espontáneo, a través de unos parterres; destrocé los bajos del coche, pero, afortunadamente, todavía circulaba; se presentó ante mí una zona de descanso cercana a la autopista, como un regalo de los dioses. La Policía eligió otro trayecto para alcanzar el mismo espacio, lo que me hizo ganar unos metros de separación entre nosotros. La cuestión era aprovechar lo ventajoso de la situación. Abandoné el coche detrás de una gasolinera roja preciosa (Total, se llamaba) y salí corriendo. ¿Qué haría Juan Carlos? En situaciones semejantes, Satrústegi reaccionaba instintivamente, analizando el terreno como si lo hubiera visto antes, una extraña habilidad precognitiva, diríamos. No es mi caso.

Con chaleco militar de Carrefour y semblante

desapacible, un individuo llenaba el depósito de su enorme coche y se disponía a pagar. Para hacerlo, avanzó unos metros hasta el encargado de la gasolinera, situado en el interior de la tienda. Durante unos escasos minutos, el vehículo, un Hummer H2 de tres toneladas de peso, con espacio para ocho personas, motor delantero longitudinal y tracción a las cuatro ruedas, se hallaba solo, desamparado, en medio de la gasolinera Total. Su mujer volvía del baño, pero ¿qué más quería? Corrí hasta allí, preguntándome: «¿Estarán las llaves en el contacto? ¿Tendré esa suerte?». Y treinta segundos después arrancaba el motor de 398 caballos con una cilindrada de 6162 cc.

Al ponerlo en marcha, se conectó automáticamente el equipo de sonido y comenzó a sonar a todo volumen *Metal Militia* del álbum *Kill´em All* de Metallica. La mujer gritó algo en francés mientras intentaba abrir la puerta del coche mordiéndome un brazo; giré mi cuerpo todo lo que pude y le rompí la nariz de un puñetazo certero sin salir del vehículo. No pudo terminar la frase. Su marido, presa de una energía devastadora, surgía de la tienda en el mismo momento en que hacían acto de presencia dos Mégane de la Policía.

Pisé el acelerador y arrollé al dueño del Hummer, que caía al suelo, aturdido pero consciente; presumo que injuriando a mis ancestros. Lástima que el primero de los agentes no pudiera frenar a tiempo, porque atropelló al hombre aplastándole el pecho. Seguía murmurando entre estertores, pero el texto resultaba ininteligible, pese a mi dominio del idioma. El segundo Mégane frenó en seco y el tercero chocó con él por detrás, quedando los vehículos encajados como amantes, uno encima del otro.

Fue todo simultáneo: los cuerpos de los agentes atravesaron, a causa de la fuerza del impacto, el cristal delantero de ambos coches, desplomándose junto al hombre del chaleco militar. Sus rostros, alineados, yacían juntos en el suelo de la gasolinera, formando un singular triángulo de cabezas. Los puentes de luces de los vehículos policiales iluminaban intermitentemente el cuadro fantasmagórico. «Una tríada de cabezas azules», recordé. Era la señal. Lo había conseguido. Estaba en buen camino.

Metallica es un grupo interesante, melódico y sensible, en cuanto a composición se refiere. Una pena que despidieran a Dave Mustaine por violento y drogadicto; posteriormente demostró un exquisito talento fundando la excelente banda Megadeth: unidad de medida equivalente a un millón de muertes humanas, empleada por el ejército estadounidense para evaluar con propiedad una hecatombe. Metallica atronaba en mi Hummer mientras los carteles de Disneyland Paris indicaban que me aproximaba a mi destino. No había rastro de la Policía, ni de Juan Carlos. Tampoco veía por ninguna parte el Tiburón de las amazonas asesinas. Cabalgaba sobre la adversidad sin freno. No había obstáculos ni cortapisas en el camino.

18

IT'S A SMALL WORLD

Aparqué el coche en Chessy, justo detrás del parque. Ignoro por qué no se dio aviso a la Gendarmería y cómo llegué sin problemas hasta allí. Quizá no tuvieron tiempo de informar sobre el cambio de coche, y todavía perseguían al taxi. Ahora que ha pasado ya tiempo, pienso que esa es la única explicación. Hay una carretera —el Boulevard Grand Fossé— que circunvala el recinto, poco transitada. Caminé un rato hasta decidirme por un lugar estupendo para atravesar el seto. Tendría dos metros, dos metros y medio de altura, no recuerdo; espeso como docenas de alfombras persas apiladas en vertical. Lo crucé a mordiscos, arrancando las ramas con los dientes, y en un cuarto de hora solo había conseguido avanzar unos centímetros.

Desolado, y temeroso de ser observado por un testigo impertinente, comencé a gritar para darme fuerzas y progresar en mis esfuerzos. Las ramas se enganchaban en mi esmoquin haciéndolo trizas, pero puedo deciros que no había sufrimiento en el proceso. Aquello no superaba el tormento de escapar del AVE a base de uñas. Mis manos, curtidas como el cuero, destrozaban el arbusto a la altura de la cintura, y mis mandíbulas se encargaban de la zona superior. Oscurecía cuando conseguí llegar al otro lado. Agotado, me tumbé un rato, escupiendo hojas y palitos. Ahora me esperaba una zona de bosque, y después una valla. Afortunadamente en Disneylandia no han llegado a necesitar electrificarlas. Supongo que las medidas de seguridad son estrictas, pero no extremas; solo un idiota necesita acceder al parque de esta manera si puede pagar una entrada.

Al entrar al parque por detrás, el panorama no resultaba muy glamuroso. Solo distinguía pabellones grises escasamente iluminados. Sin embargo, podía escuchar una melodía lejana que me resultaba familiar: It´s a small world, una de mis atracciones favoritas. Nunca estuve en Disneylandia —o sí, porque sabía adónde iba—, pero en la televisión, con muy pocos años, en un programa que empezaba con Campanilla anunciando los diferentes mundos (el de la Aventura, el de la Fantasía), Walt Disney en persona describía el enorme reloj de cuco frente a una selecta representación de niños de cada país, celebrando la hermandad entre los pueblos.

Walt Disney es algo más que Walt Disney. Espero

que el lector haya llegado a esta conclusión antes que yo, pero si no lo ha hecho, desearía que entienda a quién me estaba enfrentando al profanar su templo. Al margen de sus orígenes confusos (nació en Almería), Disney es uno de los mayores creadores del siglo XX. No solo como cineasta, comparable a Chaplin, Ford y tantos genios. Emparentada con el surrealismo —como amigo y colaborador de Dalí que fue (no es casualidad que fundase su propio parque temático en Coney Island, el legendario Dream of Venus)—, su obra vertebra la narrativa visual de la época, marcando las pautas que conformarán nuestra manera de valorar la realidad. Pero todo esto no nos interesa una mierda.

Porque no hablamos de un cineasta, no. Hablamos de un profeta. Sus películas son los evangelios. El corpus total, la biblia de Disney, estructura una Nueva Religión. Somos Pinochos y nos tragará la ballena. Por eso hacía milagros, amado lector, para redimirnos; dio la vida a sus criaturas, los animatrónicos, que pueblan sus parques y cuidan de nosotros. Devolver la vida a Lincoln, como a Lázaro, fue su máxima aspiración. Y por último creó Disneylandia, la tierra prometida: el lugar donde los sueños se hacen realidad. Disney es el Cristo del siglo XX. No ha muerto, permanece hibernado en un lugar oculto, quizá en el área 51. Cuando resucite juzgará a vivos y muertos, y su Reino no tendrá fin.

Yo ya he pasado por eso. He visto elefantes rosas, me ha crecido un rabo entre las piernas, he sido engullido por el monstruo. Estaba allí, en el meollo. Había llegado, por fin, a Delfos. La puerta trasera del pabellón gris me condujo al lugar más maravilloso que ha visto el hombre. Me zambullí en el río de la vida y la muerte, rodeado de muñecos cantarines. Los botes pasaban por encima de mi cabeza mientras una barahúnda de colores me subyugaba, hipnotizándome. Nadaba en el torrente que fluye a través del reloj de cuco: la máquina que controla el espacio y el tiempo. Me hallaba, amigos, en el interior de la mente de Disney.

—¿Qué haces? Sube, hombre.

El mundo es pequeño, como dice la canción, no cabe duda. Juan Carlos, con su traje de azafata de Renfe, acompañado de un grupo de niños felices, me tendía la mano, gentil.

—¿Cómo has llegado hasta aquí? —pregunté mientras trepaba a la embarcación, ante los atónitos ojos de los niños—. ¿Qué hacías con el tipo del tabardo? ¿Cómo escapaste de allí?

—Es una historia muy larga. Cuando vieron que habías escapado de tu escondite, se volvieron locos. Fueron a por mí, pensando que estabas en mi fiesta. Las chicas cerraron un vagón para uso exclusivo de los indígenas españoles, ¿sabes?

—Me lo imaginaba.

—Una pena que no te pasases, aunque fuese un rato. Eran encantadoras.

—El revisor y su cuñado no lo vieron oportuno —comenté.

Un niño me secaba con su bufanda.

—Conseguí escapar gracias a las chicas; hasta me prestaron su ropa. Más majas... Me costó deshacerme de ellas, fíjate. Querían que fuese al apartamento de la rubia, pero, al no verte por ningún lado, sospeché que te habías bajado del tren antes que yo. El del tabardo me siguió, el muy cabrón. Empezamos a dar vueltas por París y, mira por dónde, te vimos. ¿Tus amigas están aquí?

—Espero que no. Hubo un accidente...

—Sí, sí, chocamos con ellas. El del tabardo se rompió el cuello. No me quedé a ver qué pasaba, como comprenderás. Todo muy dramático. Me ha seguido la Policía, creo. No tenemos mucho tiempo.

19

COLAS INTERMINABLES

Lejos de sentirse amenazada por nuestro aspecto, la multitud que llenaba las calles de Disneylandia aplaudía nuestra presencia con entusiasmo. Incluso algunos se sacaron fotos con nosotros, pensando que formábamos parte de alguna atracción. Podríamos colar como personajes de una versión obscena del Mago de Oz: el Espantapájaros Elegante y la Dulce Dorothy.

—A ver, ¿qué tenemos?

—No tenemos nada. Hemos venido aquí guiados exclusivamente por una leve intuición, a saber: se supone que Kossovsky me hizo entrega de un grabado, lo que nosotros, en nuestra ignorancia, hemos interpretado como un mapa.

—El mapa del tesoro.

—De acuerdo, el mapa que indica dónde se encuentra. Bien. Admitámoslo; el problema es que la manera de descifrar los códigos se basa esencialmente en lo que a mí me sugieren, no en lo que tenía Kossovsky en mente. Por supuesto, no en lo que pensaba Durero.

—Ni Panofsky.

—Efectivamente. Se trata de una excrecencia de una idea fallida, elucubrada por un idiota, que a su vez tenía un mal día.

—Entonces vamos bien. ¿Sabes por qué? Porque así lo ha pensado él. Kossovsky quería que lo encontraras tú, no cualquier otro. A ver: datos, conclusiones. Rapidito, que no tenemos toda la noche.

—Un reloj, cuerpos geométricos por el suelo...

—Acabamos de estar ahí. Es la atracción infantil de los niños que cantan. El reloj de cuco, las piezas de construcción de juguete...

—Por favor. —El rigor científico de Satrústegi me decepcionaba de manera alarmante.

—¿Qué? No me digas que no. Está clarísimo —me respondió ansioso—. Dime más.

—Una torre, una escalera que no acaba, el número cabalístico 34.

—¿Una torre? La tienes delante de ti. Es la única torre del parque.

Alcé la mirada. Sentí un estremecimiento. Rodeada de palmeras como si fuera una pirámide, la colosal Tower of Terror, la atracción más espeluznante de Disneyland Paris, se alzaba ante mis ojos, desafiándome.

—¿Aquí? ¿Por qué aquí?

—Mira cómo se llama realmente.

Leí el nombre del edificio, tal y como aparece sobre su fachada: «The Hollywood Tower Hotel». HTH, las iniciales de la placa metálica. Mickey Mouse no mentía.

—Kossovsky estuvo aquí en 2008.

—Es la torre del grabado. La inauguraron en esa fecha. Por eso mencionaste que estaba inacabada. Ahí se ha encaramado el angelote que buscas. ¡Vamos!

La Tower of Terror narra la historia de un grupo de invitados a una fiesta degenerada en los locos años veinte. El destino los castiga por su imprudencia, atrapándolos en el ascensor, encerrados para siempre entre dos mundos. Los pasajeros de este pasatiempo sobrenatural reviven la historia, entrando en la zona crepuscular, acompañados por la voz del gran Rod Serling; todo gracias a una maquinaria extraordinaria. Volverán a sufrir un ascensor que sube y baja a velocidades de vértigo, y en ese remolino estomacal podrán admirar, durante unos segundos, a los fantasmas. Tan solo unos segundos, porque el ascensor vuelve a precipitarse hacia el abismo una y otra vez, en el interior del monte Parnaso.

Las vueltas de los Dry Martinis todavía seguían ahí, así que no teníamos que saltar ninguna valla, ni utilizar nuestros puños. Pagamos la entrada y nos pusimos a la cola.

—¿Tienes Fastpass?

—¿Cómo voy a tener Fastpass? —respondí enojado—. ¡Yo qué sabía que nos íbamos a montar en esto!

—Es que hay mucha cola. ¿Qué hacemos?

—Esperar, como todo el mundo. No vamos a cagarla ahora, Juan Carlos. Estamos muy cerca.

Lo peor de estos sitios son las colas. Se supone que vienes a pasártelo bien y pierdes el tiempo parado durante horas. Cuando llega la atracción siempre te sabe a poco. A mi lado, en la polvorienta y aterradora recepción del hotel, un niño en silla de ruedas me pinchaba los riñones con su espada de plástico.

—Tenemos que subir al piso 34. Es de cajón.

—Juan Carlos, no hay piso 34. Solo hay 12.

—Bueno, eso lo resolveremos más tarde. Ahora tenemos un problema.

Cien metros de cola hacia atrás, iluminadas por un farol amarillento, dos mujeres de generoso pelo rizado y traje gris marengo nos miraban fijamente.

—Menos mal que tampoco tienen Fastpass.

La situación exigía una resolución inmediata. Durante estos aciagos días de búsqueda, Juan Carlos y yo habíamos infringido todas las leyes que las instituciones pueden concebir para establecer un orden en la conducta social. Pues bien, saltarnos la cola en una atracción de Disneylandia nos costaba muchísimo. ¿Qué diría la gente? Intenté explicar a Satrústegi mi experiencia con aquellas damas, sus verdaderos propósitos y, sobre todo, la vehemencia con la que llevaban a cabo las acciones necesarias para lograrlos.

—Déjame a mí —concluyó—. Ya sabes lo bien que se me dan estas situaciones.

Era cierto, vive Dios, pero no quería arriesgarlo todo jugándomela a una carta, *verbi gratia* el magnetismo animal de mi amigo. No podíamos fallar. Sonreí al niño de la silla de ruedas. Golpeé a su padre en los genitales con un seco e imperceptible golpe que lo tumbó junto a su enorme mochila. Lo agarré de los hombros y pedí ayuda. Una mujer con el mapa del parque en sus temblorosas manos al frente de un tropel de turistas nos rodearon, angustiados.

—¡No sé qué le pasa, se ha desmayado!

Atendieron al hombre. El niño me miraba confuso. Aprovechamos el alboroto para avanzar.

—¡Por favor, ayuda, una ambulancia!

—¡Abran paso, por favor!

Al cruzar la esquina, la cosa no daba para más. Por lo menos fueron veinte metros. Nos encontrábamos ya en los sótanos, podíamos ver el ascensor. La gente aceptó nuestra presencia con serenidad.

—¿Y ahora?

—Ahora desmáyate.

—¿Tú crees?

Justo en la esquina que habíamos dejado a la espalda, divisé las dos matas de pelo negro, sobresaliendo retadoras, entre el gentío.

—Sí.

Juan Carlos cayó en mis brazos.

—Por favor, disculpen, se ha desmayado. Perdón, si me permite...

Avanzábamos rápido, gracias a la bondad de la gente. Cruel, pero necesario. Cuando se nos acercó uno de los empleados, nos detuvimos.

—Es el calor.

—¿Quieren abandonar la fila? Podemos sacarles por una puerta de emergencia que...

—No, no, ya me encuentro mejor, gracias —suspiró Satrústegi—. ¿Podemos pasar ya?

—Bueno, si vuelven a su puesto en la fila...

—¿Cómo? ¿Quiere que esta mujer aguante todo esto de nuevo? ¿Sabe que si a esta mujer le pasa algo usted es el responsable? —permanecí impasible con Satrústegi en brazos.

—Por eso digo, quizá mejor salir...

—Disculpe —repuso Juan Carlos—. Hemos pasado dos horas esperando. Si fuera usted tan amable de permitirnos pasar, se lo agradecería de corazón. A estos señores seguro que no les importa...

Las familias francesas presentes observaban los hechos con una mezcla desasosegante de estupor y fría consternación. La puerta del ascensor se abrió y no me lo pensé dos veces. Entramos empujando a los que se interponían en nuestro camino, utilizando los zapatos de tacón de Satrústegi como arma punzante.

Cuando el encargado intentó impedírmelo, le agarré un instante la mano con mis dedos sin uñas y le dije:

—Inténtalo.

Ya estábamos dentro. El encargado se fue a pedir ayuda, no se atrevía a enfrentarse a dos enajenados sin cobertura. Los asientos se fueron ocupando. Satrústegi y yo nos sentamos en la primera de las tres filas.

—Ya estamos dentro, Juan Carlos. Lo vamos a conseguir. No sé realmente qué, pero lo vamos a conseguir.

Comenzaron a pasar las familias consternadas que nos fulminaban con la mirada. Vi al niño de la silla de ruedas a lo lejos, sollozando, junto a sus padres. Nunca llegaría a entrar en el mismo ascensor. Cabían 21 personas. Cuando ya solo quedaban dos asientos libres, ocurrió. Las dos negras. Ahí. Presentes.

—Por favor, tomen asiento.

Pasaron a nuestro lado, sin dirigirnos la mirada. Noté sus pistolas Glock bajo la chaqueta. Estábamos perdidos. Nunca saldríamos de esa torre.

—Pero ¿también buscan a Kossovsky? —murmuró a mis oídos Juan Carlos.

—No —intenté explicarle—. Lamentablemente, una trama secundaria relacionada con el tráfico de drogas acabará con nosotros. Las cosas pueden doblarse, torcerse, incluso retorcerse. Digamos que esta situación es un tornillo y nosotros, los destornilladores. Pero de carne y hueso.

Se apagaron las luces y entró la encargada del ascensor, vestida de botones, sentándose en un taburete. Dios, protégeme: era la Sibila. Tras una larga explicación argumental, pasó a describir los detalles de la atracción. No había que moverse, porque era peligroso. Jamás deberíamos quitarnos los cinturones, porque se detendría de inmediato el ascensor.

—Espera, tengo una idea.

Aprovechando la oscuridad, Satrústegi pasó el cinturón por debajo de su trasero, y lo enganchó a su soporte. El mecanismo funcionaría de igual manera, pero él podría moverse. Me pareció una idea brillante. Hice lo mismo.

La encargada vestida de botones se acercó. Pensé que había descubierto la maniobra y nos obligaría a ponernos los cinturones o, peor, a abandonar la atracción. Sus labios carnosos sonrieron y acercándose a mi oído susurró:

—Hola, amor mío. ¿Vas a volver a saltar?

La oscuridad no me permitía distinguir sus rasgos con claridad, pero fue su voz, suave y perversa, la que me hizo temblar. Ese olor inolvidable, tan cercano. El pelo castaño, brillante. Santo Dios, ¿no se suponía que su pasado debía ser irreprochable? Era Montse, sí, Montse, mi amor, mi tormento, la sacerdotisa del oráculo. Al fondo, a la derecha, las africanas introducían los cargadores en sus Glocks. Pude advertir el chasquido metálico.

20

HTH

El ascensor se puso en marcha. Comenzamos a ascender lentamente y, tras unos segundos, nos encontramos en un piso que me resultaba familiar. No se trataba de una película, un vídeo. Era un pasillo real.

—¿Qué te pasa?

Satrústegi olía mi temor. A nuestro lado, Montse sonreía, disfrutando. Sabía lo que iba a ocurrir, y no pensaba impedirlo. Apareció la familia de fantasmas desaparecida, el pobre grupo de personas detenidos en el tiempo. La mística hierofanía no era más que una triste proyección sobre un espejo, de acuerdo, pero el terreno sobre el que se hallaban no era ficticio. Existía un espacio real, ante nosotros. Un infinito corredor de puertas a su espalda. La primera habitación era la 34.

—¡Es aquí! ¡Lo hemos encontrado! ¡Saltemos!

Juan Carlos se levantó, pero el ascensor comenzó a ascender de nuevo.

—Sabía que volverías —murmuró Montse—. Siempre se vuelve al lugar del crimen, ¿no es cierto?

—Recuérdame que te odie —le contesté, pero en ese momento no sabía por qué.

El miedo no me dejaba respirar. Los recuerdos volvían a borbotones a mi destartalada cabeza, y no estaba seguro de querer recordar. Miré a mis espaldas y pude ver la pistola Glock apuntando justo a mi frente. El ascensor se elevó hasta que volvieron a abrirse las puertas. Delante de nosotros se extendía un espacio vacío, un hueco a través del cual divisábamos el exterior. El vértigo se apoderó de mi alma. En ese momento oí un disparo, saltaron chispas y el ascensor inició una caída libre, que me salvó la vida. Todos gritaban, los bolsos caían, y el cuerpo sufría unos segundos de ingravidez. Juan Carlos y yo, desprovistos de sujeción, volamos literalmente durante un instante, para terminar cayendo hasta el fondo. Los casquillos de las balas rebotaban sobre la superficie metálica.

El ascensor, descontrolado, volvió a detenerse de milagro en el piso de los fantasmas, la cueva donde encontraría el sarcófago con las cenizas de la serpiente. Por fin, Delfos a mis pies.

—¡Vamos, solo tenemos una oportunidad!

No había tiempo para pensarlo. Saltamos. El ascensor inició de nuevo su ascenso, y nos quedamos solos, Satrústegi y yo, al otro lado, en la Zona Crepuscular.

21

TWILIGHT ZONE

El decorado estaba construido bajo una falsa perspectiva. Las proporciones se reducían hacia el fondo, generando una profundidad inexistente. El infinito pasillo tendría, como mucho, tres metros de largo. Aun así, era una habitación lo suficientemente amplia para que pudiéramos girarnos a escuchar, allí arriba, a través del hueco del ascensor, los disparos y gritos mezclados en un estrépito delirante.

—Por fin hemos aterrizado al otro lado del espejo, hermano. Enfréntate a tu pasado, si puedes.

—Montse trabajaba aquí. Por eso vinimos a París —comencé a hablar automáticamente, como si hubiera saltado un resorte; mi voz parecía formar parte de la atracción—. Queríamos arreglar lo nuestro, o eso pensaba yo. Entonces apareció él.

Bajo el espejo que generaba la proyección de los fantasmas se distinguía un hueco lo suficientemente amplio como para contener el cuerpo de una persona.

—Estaban terminando la instalación eléctrica del espectáculo. Montse me ayudó a esconderlo.

—¡Fuiste tú! ¡Te lo dije! —gritó Satrústegi—. Tú mataste a Kossovsky. Ella no vino a París para arreglar nada. Los sorprendiste juntos y lo mataste. Luego ella, arrepentida, o por miedo a verse implicada, te ayudó a deshacerte del cadáver.

De pronto lo recordé todo.

—Exacto. Él se veía con ella en París. Yo fui quien se entrometió cuando propuse el viaje. Pero él no es él, y yo no soy yo.

—No entiendo nada.

Abrí la tapa de madera del suelo, justo debajo de la puerta de la habitación 34. Allí estaba el cuerpo. Habían pasado seis años. Solo eran unos huesos que parecían de mentira, huesos de plástico, de atracción de feria, vestidos ridículamente, como nosotros. Una chaqueta y un pantalón raídos. Satrústegi se arrodilló para registrarlo. Encontró una cartera. Sacó su enmohecido carné de identidad.

—Oh, Dios.

—Sí, sorprende, pero también lo explica todo.

—Este hombre no se llama Kossovsky.

—No. Es Rubén Ondarra. Yo soy Bruno Kossovsky.

22

DULCE MONDRAGÓN

Qué maravilla volver al psiquiátrico con nuestros amigos. Lourdes me abrazó efusiva, como era ella, al verme otra vez en mi habitación. ¡Menudo recibimiento! Juanma me invitó a pastillas nada más llegar —de las buenas, las amarillas, como decía él—, y a Jose María le habían quitado las grapas. Ahora tenía pelo y parecía mucho más joven. Juan Carlos empezó con sus planes de fuga y eso lo distraía muchísimo. Yo le digo que sí, que le voy a acompañar, que no pienso dejarle solo; pero no creo que lo haga. Estoy cansado de dar vueltas como si fuese un tornillo, o un ascensor que sube y baja.

Estoy bien. Todo se calmó, gracias a Dios o a Disney. No sé qué habrá sido del cuñado del revisor, pero Hernández y Fernández, con sus trajes gris marengo, fueron detenidas. Montse sobrevivió, y lo confesó todo. Que yo había matado a Ondarra porque los pillé juntos, muerto de celos. Les contó que, además, era mi jefe, y que lo odiaba. Bueno, contó hasta que su asqueroso perro me mordió el llavero, y lo comprobaron, porque lo tenía en mi bolsillo. La creyeron. Normal, era verdad. Cuando la cosa se calmó, recuperó el trabajo. ¿No es maravilloso? Ahora me escribe de vez en cuando. Sé que un dibujante uruguayo no es futuro para una chica como Montse. Pero desde nuestros cursos en Barcelona sobre «Posicionamientos artísticos en defensa de una Materialidad Acorralada» estoy locamente enamorado de ella. Qué se le va a hacer. *Amor fou* lo llaman. Pero no fue el amor lo que me volvió loco. No. Ese cabrón de Rubén llamándome todos los días para que entregara las páginas a tiempo. Que esto no es hacer churros, joder. Luego empezó con el porno, y terminó cerrando la revista. Se llevó a Montse. Cuando los vi juntos, con sus amigos... *Bukake* lo llaman. Montse decía que formaba parte del trabajo. Ya lo dice mi nombre: el mirlo es un pájaro que adora a su pareja hasta el punto de matar por ella.

Cuando volví de París sin Montse, después del crimen, perdí el gusto por las cosas. Mi casa, mi portero, los tebeos... Todo me daba igual. Se apoderó de mí la melancolía. Menos mal que Cecilia me ayudaba en las tareas del hogar, porque no era capaz ni de hacer la cama o arreglar el grifo de la cocina. Hubo un momento en el que me daba asco mi nombre, no soportaba oírlo (y menos en el Starbucks); ni siquiera escucharme hablar. Quería huir al desierto, como en Melilla. Hundirme en la arena del desierto para siempre.

Antes de abandonar mi casa, empecé a escribir mi melancólica historia en el ordenador. Lástima que no pudiera leerlo cuando entré en el apartamento, solo llegué a ver la portada, el grabado de Durero. Era un perfecto resumen de mi estado de ánimo. Por cierto, salvé el texto gracias a la nube. Desde el ordenador de mi psiquiatra he bajado las 10.000 palabras. No valen para nada. La confesión de un crimen no es emocionante. Lo bueno es lo que pasó después. Me mudé a otro piso; no soportaba mi colección de cómics, todo lo que me recordaba a mí mismo, y cuando me preguntaron mi nombre, dije «Rubén». Así, sin más. La locura, como el crimen, es un asunto que se cuece lento, hasta que llega un día en el que te levantas y eres otra persona. Y te lo crees. Volví a escribir, esta vez como Rubén, todo lo que pasó. Si se podía leer en un papel, pensaba, es que era verdad. Incluso me diseñé tarjetas de visita con su nombre y abrí una cuenta en Twitter.

Siento lo de Cecilia, todo eso nada tuvo que ver conmigo. ¿Cómo iba a saber que unas locas iban a convertirla en una mula ciega? Como Oesterheld, y tantos otros en mi país, desaparecí, y me convertí en Rubén, el editor español. Kossovsky, el dibujante de cómics, era un tipo que me daba problemas. El cambio me hacía sentir bien. De hecho, comencé a llamar a mi propio móvil, exigiendo las páginas que no había entregado. Mucho mejor ser Ondarra que Kossovsky, o Panofsky, o como me llame... Mucho mejor ser mi enemigo.

Estos días, en el psiquiátrico, me he dedicado a rescatar algunas ideas inquietantes de mi perdida biografía, y he completado el trabajo con mis últimas experiencias, mezclándolo todo. Lo interesante es que el lector entienda mi enfermedad. Reconozco que hay fragmentos en los que creo fervientemente ser Rubén Ondarra. Al leerlos, descubro con sorpresa que son más honestos que cuando comienzo a dudar de ello. Abandonar tu personalidad, sucia y manoseada, llena de tachones, y comenzar una nueva. ¿Quién no ha deseado eso? La razón por la que disfrutamos tanto con los cuadernos limpios es porque parece que empezamos de cero. Sin embargo, algunos, como Satrústegi, son tan felices consigo mismos que no quieren pasar de la primera página. Ya he entregado el manuscrito a la editorial Satélite —fuera de plazo, eso sí—. Espero que algún día lo publiquen. ¿Quién sabe?

AGRADECIMIENTOS

Tengo que agradecer la colaboración de Palmira Márquez y Ángeles Aguilera, que sufrieron la neurosis de un desequilibrado durante meses, y no les pagan por ello.

Y que no se me olvide el Cuerpo de Marines de los Estados Unidos, que no hicieron nada, afortunadamente.

ÍNDICE